# 爱在无人知道的旅途

何钧　著

中国财经出版传媒集团
中国财政经济出版社

**图书在版编目（CIP）数据**

爱在无人知道的旅途 / 何钧著 .—北京：中国财政经济出版社，2017.1

ISBN 978-7-5095-7132-3

Ⅰ.①爱… Ⅱ.①何… Ⅲ.①长篇小说-中国-当代 Ⅳ.①I247.5

中国版本图书馆 CIP 数据核字（2016）第 285154 号

责任编辑：杜　剑　　责任校对：张　凡

封面设计：孙丽铭　　版式设计：兰　波

中国财政经济出版社出版

**URL**：http：//www.cfeph.cn

E-mail：cfeph@cfeph.cn



社址：北京市海淀区阜成路甲 28 号　邮政编码：100142

营销中心电话：88190406

北京富生印刷厂印刷　各地新华书店经销

787×1092 毫米　32 开　8.5 印张　154 000 字

2017 年 1 月第 1 版　2017 年 1 月北京第 1 次印刷

定价：25.00 元

ISBN 978-7-5095-7132-3/I·0158

（图书出现印装问题，本社负责调换）

本社质量投诉电话：010-88190711

**打击盗版举报热线：010-88190492、QQ：634579818**

# 目　录

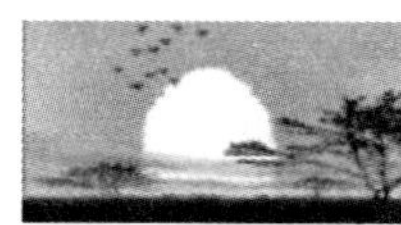

# 第一章
# 1995 · 艾迈姆 · 美国

2015 年，上海 7 月盛夏的一个下午。

愚园路上的 1898 咖啡馆里，客人并不多。穿着蓝色短袖衬衫的诗戈，一个人独自坐在离开临街的窗子最远的角落。他要了一杯绿茶，一边看着面前打开的棕色笔记本电脑屏幕，一边耐心地等着多年未见的朋友凌云。这地方是凌云特意选好的，桌上黑色的中兴手机提示新短信的时候，离约好会面的时间还有 20 分钟。

“我工作上临时有急事走不开，要迟到一会，你饿了的话就先要点东西。凌云。”

诗戈不饿，而且反正有的是时间。他其实正在浏览 D 盘的一个文件夹里的旧照片。那些碧海蓝天的图景，将他带回到当年的时光岁月。居然已经快 20 年了。约定地点的时候，电话里还是那个熟悉的声音语调，口气也一如既往地坦率、不见外。只是不知道这位当年总是喜欢深刻总结生活，牢骚满腹的同学，现在会是什么样子。

他们的留学岁月，是20世纪90年代中期。

校园在一座海岛上，有一座长桥和大陆相连，眼见的是海鸥、椰树，和迎面扑来咸湿的风。飓风有时会带来高潮。教授们的办公室在二楼，窗子都望着海。一楼的房间，有实验室，也有研究生的办公室。至于大家住的地方，散布在离岛不远的陆上城市里。

中国大陆留美学生们，很多合住在简陋的公寓里，心事各不相同：配偶或者对象在国内的，急切将配偶接过来；还没有转学到计算机系的，琢磨着转学到计算机系；面临毕业的，整天就是找工作；没有绿卡的，话题离不开绿卡；至于还没有找到对象的，倒不怎么对人讲，一般是自己暗暗向国内写信打电话张罗。

开学后不久，诗戈在系里的电子邮箱里收到奇怪的信件。地址是瑞典某大学一个教授的信箱，发信者却是他的家属。

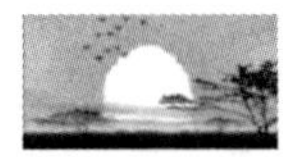



亲爱的朋友

我们是××教授的妻子芭芭拉和女儿珍妮。××教授已经病入膏肓，来日无多；作为他研究领域的同事和学生，你也许知道他的工作。我们冒昧地请求你能向这个邮箱发一封邮件，表示自己是受了教授的某种影响（读了他的著作或者了解他的贡献）才进入这个领域并乐在其中，或者说一直对他的学术成就高山仰止，等等。我们可以在病床边阅读你感人的信件，让他在生命的最后时间得到欣慰和满足。

你诚挚的

芭芭拉和珍妮

系里学生和博士后们对这封奇怪信件的讨论结果，就是它最清楚地表现了什么才是人生可以依托的东西，亲情还是事业。

“不能再往后想了，不然心理就不健康了。没完没了的奔忙，到头是什么。不信来世，也没什么理想。活得真惨。”诗戈就是从北大学生凌云那里第一次听到这话的。他还说人老了，要是没有搞全票子、位子、弟子、孩子、女子这五子，很容易就陷入心理危机。在那个时代的互联网的中文论坛上，这一类论调很多。很多出国的男士喜欢把时间耗在论坛上扯淡骂架，但是女性好像没有对这类事情感兴趣的。

吃午饭的时候，学校的餐厅一角，中国学生学者坐到一起。到来两年多的凌云提起大家削尖脑袋扎根美国的正义性问题，语气悲愤，音调尖细："他们白人是怎么留下来的？谁批准的？他们不是还对印第安人杀人放火么？"

听到这话，留着平头的博士后老张就沉默了。

老张本来是公派生，由于时局变化，因缘巧合，在加拿大留了下来。目前是刚从多伦多来这里做博士后，业务很强，多产论文。太太也很快在银行里找到工作，一家三口过得不错；比起尚有漫漫长路需要拼搏的自费留学生，那是高高在上了。和穿着T恤、过膝的摸鱼裤和凉鞋的凌云不一样，老张衣着也正式一些：合体的牛仔裤很适合他矮小精瘦的身材；上面从来都是带领的衬衫，既有活力，又不失于随便。

不知道老张沉默的原因，和他此刻脑子里运转的念头，诗戈也只好顺着他的目光，望着玻璃墙外雨中的风景：海天昏黑朦胧，使得正午有如黄昏；通向彼岸的长桥，中段之外就已看不分明。

吃完饭雨还很大，好在没有伴随着风。诗戈站在餐厅门口，看着朦胧的海景，等待这一阵急雨过去。雨点打在前面的棕榈叶子上，哗哗作响。

"笑一笑，年轻人！"冷不丁肩膀上被人拍了一下，诗戈扭头，看见冈萨雷斯矮墩墩的身影，已经窜入雨中的。牛仔裤把结实的臀部绷得紧紧的。这个皮肤黝黑，留着胡须的厨子，挣的工资不比学生的奖学金多多少，还要

养活一大家子人，也不知道成天有什么好高兴的。

晚上回家的路上，天又下起了小雨。邻居亮着灯的厨房飘出炒菜的香味。气味上分不出是西班牙菜还是中国菜，但诗戈知道那是一家皮肤白皙的古巴人。里面的少妇有一次叫住他，拿出一个刚买回来的小牌子。问起上面的中文是什么意思。后来她再推着婴儿车出来，小宝宝的胸前就总是挂着这个“出入平安”。

另一户邻居也亮着灯。里面原来住着两个英俊小伙子，一个身材高大，头发金色；另一个身材中等，黑色卷发。世界上再没有比他们之间的爱意和默契更明显的事情了。有一天诗戈下午就回来，正好碰见公寓管理人佩雷斯陪着两个警察，又拍照又记录：地上点点滴滴的发黑血迹，从过道断断续续地一直到他们屋门里。

“一只耳朵都砍掉在地上，还尖叫着拿刀追着砍。”佩雷斯后来到处跟人讲，也不怕吓走租客。这使诗戈想起一个词“情深不寿”。

后来搬进来的，是一对一表人才、光彩照人的黑人男女。他上一次钱包掉在过道自己不知道，就是那姑娘敲门送回来的。

公寓其实不差，只是大家没有把它当家，好好生活。几个室友，背景各不相同，在其他诸多矛盾之外，最大的问题是电话。那时手机还叫大哥大，一般概念中是黑社会

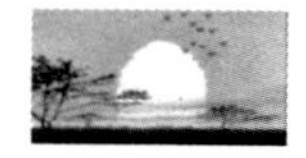


老大用的，很贵，个头很大。放在马路中间，一辆小车压过去恨不得都会翻车。这一套公寓只有一部座机，而李伟杰总是在接长途，他自己都不胜其烦，更不用说别人了。对方是他小两届的中学校友，后来嫁了伟杰他们班的班长，好容易办陪读出来不久，夫妻终于团聚。不知为什么精神濒临崩溃，每天待在家里拨电话找熟人聊天诉苦。她老公忙于读书作研究，也没有办法。计划熬到圣诞节就带她回国休息一阵，老板还未必同意。

诗戈少有使用电话的念头，也就无可抱怨。窗外雨中的芭蕉叶在一阵渐急的哗哗声中，又被格外压低了些。一只浅色的成年壁虎也受了惊吓，从百叶窗的左上角钻进屋里。把脸凑近百叶窗，就看见楼下的游泳池，在雨点轰击之下，水面一片泛白，丝毫不见平日池底的碧蓝。

亚热带的雨真是和家乡的不同，非常充沛。

客厅电视上还在放着非洲草原动物世界，母豹子一个伏击，就叼走了汤氏瞪羚妈妈刚会蹦跳走路的小宝宝。解说告诉人们草原上先出生的一批瞪羚生存的机会极小。

伟杰出来说电话用完了。诗戈忽然觉得自己应该换个地方，换个心情。

庞斯德利昂十三号是“高尚社区”中一栋拉丁风格的二层花园别墅。一楼的两个客厅被一堵中间开门的墙分隔；小客厅高出一个台阶，里面有通上二层的楼梯；所有的房间，包括厕所和浴室都铺着浅粉红色大理石板。

屋主凯蒂是一个秘鲁妇女，对人很和善。她身材保持得不错，脸上五官精致，皮肤却有些松弛下垂，让诗戈误以为她岁数很大。签合同的时候，凯蒂直说自己英语不行，最烦律师，怕吃官司。这倒让人心里放松不少。

诗戈看中的是二楼的一个房间。它靠近车库上方，有很大的阳台，可以观望满眼的绿色。而且离大路也不算太远，隔着一片树林，隐约可以听见车辆行驶的声音。只是玻璃窗上角有一个子弹洞，也没修补。

凯蒂说她自己不住在这里，可是她的女儿，她的心肝贝宝贝蒂——一只老大黑母猫喜欢这地方，不肯搬走。动物最能分清好人坏人：贝蒂上来就用侧脸蹭诗戈的腿，还歪扬起头，一双黑亮的眼睛深情注视他。

收完押金，凯蒂叮嘱诗戈记得把车开进车库，免得草坪上出现黄斑，然后开着老掉牙的宝马车走掉了。

诗戈住进来的头天晚上，就有一个北方口音的男人打来电话，看宅里是否有人。半小时后，一辆满载家具的小卡车就停在花园外的草坪上。一个二十一二岁的白人小伙子跳出来，叫开门，高高兴兴地开始搬家具。诗戈还以为他就是新房客，转眼才看见还有一个东方人在搬小物件和包袱。

“凯蒂有事来不了，叫我们自己打电话找房客开门。”

这个和诗戈几乎同时住进来的二楼房客，是华博士，中国人，三十出头，瘦小精干，留长发，戴着一副金丝眼镜，很优雅的样子。他是公派留学巴黎的博士，来美国也有好几年了，在费城结了婚，太太也是大陆过来的。他们刚生了小孩让外祖父母带回国养着，赶上自己老板转到这边，他也带着太太的大幅照片跟着过来。

第二天是周末，诗戈在楼下客厅里看到了住自己隔壁的房客奥利弗和他的一群朋友。奥利弗三十岁，英国人，矮个儿，剃光头，表情很亲切，周到，绅士，但是眼神里有一种难以言表的淡淡的忧愁。

奥利弗刚从飞行学校毕业不久。那天来的，也都是本地飞行学校的学生和他们的女友们，大都二十七八岁的样子，北欧人居多，也有两个中东人。奥利弗在里面像兄长一样。他那时老飞南美运鲜花，那天也没忘了顺手抽一些，准备送给认识的女人。这群人在沙发上和地上坐开来，开始喝啤酒，谈和平和环境保护。

奥利弗和诗戈坐着的沙发，正对着几乎到地的巨大窗子，外面是草坪、黑黢黢的松树和静静的夜色。就在奥利

弗刚刚谈起博德斯书店里面围棋俱乐部的时候，两人都看见一辆小小的红色本田CIVIC，悄悄地停在了被花园灯光照亮的矮树墙外，熄了车前灯。

“是泰德，住一楼的。”奥利弗说。

“一楼?”

“就是那个储藏室，凯蒂也租出去了。”

诗戈因为早睡晚起，还没有见过泰德和他的车。电视频道被不喜欢美国体育的北欧人换到了本地新闻：海滩、同性恋的酒吧、白色的卫生车；神采飞扬的女记者在尖声报告现场艾滋病志愿抽检的结果：自称异性恋的五人中，一人阳性；同性恋六人中，三人阳性。这个比例有点高，让奥利弗他们感到不安。

十几分钟后泰德才进来。他大概三十七八岁，和诗戈差不多高，一脸络腮胡子，鹰钩鼻，肤色暗青，典型的犹太人特征。奥利弗跟他打了招呼：嗨，泰德，这是大家；嗨，大家，这是泰德。

泰德也和大家打了招呼，说自己为了听完电台音乐，在车里多待了一会儿。然后就进了自己的屋子，把门关上。

奥利弗一伙人稍微安静了些，又待了没多久，还是去了海滩酒吧。

下一个星期泰德倒是不忙，经常回家挺早，和诗戈，偶尔还有华博士在大客厅看电视，聊天。他其实有四十多

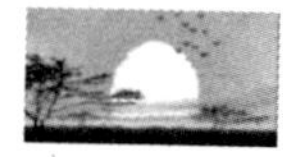


岁了，却和诗戈一起聊得很投缘。两人都成长于相对单纯的环境，在繁华精彩的红尘中感到惊恐不适，郁郁寡欢。诗戈不喜欢正装服饰，觉得领带什么的是奴役的象征；泰德说那东西在西方总是和上吊联系起来。他们都把高薪职业解释成“给那么多钱才会有人干的活儿”。

可是也有不同之处。诗戈最喜欢小孩儿，泰德却正好相反。还有，泰德总是说自己住过的缅因州，鹿和野猪太多了，糟蹋农民的庄稼；诗戈觉得也可以说是农民太多了。泰德曾经讲到自己的姓——劳利，是由古以色列王族列维演变而来；诗戈说中国是人人平等的国家，没人研究这些族谱。

华博士早来了几年，对美国社会有所认识，一眼看穿了泰德：这也是一种人，他们荒唐了大半辈子，现在想要家庭了，可还欠着一屁股债呢。

泰德大学毕业，因为好奇，贷款学习机器人课程背上了债，从此和千千万万的美国人一样，习惯了债务越来越多的生活。也和那一代千千万万的美国年轻人一样，反战，反传统。他想移民加拿大不成，到芬兰当伐木工，和当地女友在森林里搭窝棚住了一年。后来觉得太苦，又去德国和另一个女性共度了一段美好时光。他一辈子都记得，德国移民官一本正经地对他说：要是像您这种没有博士学位的人申请能获批准，我就能从彩虹尽头捡回金子。

回国以后泰德在缅因州当了两年伐木工。贷款读图书馆学硕士，钱又花过了头。现在干着两份工，外加节约开

支，想着有一天能还清债务。

有几次电话铃响，华或者泰德去接，却是华人教会的“台湾张”想拉诗戈去参加教会活动。诗戈推脱说工作忙，不能去。三个人对教会都不感兴趣。华博士把去教会当成社交，偶尔为之，但心里看不起那些不能从生活中找到足够乐趣的人。在他看来，生活的智慧才是指导人生的罗盘，乐趣、力量都来自于它。而泰德的父兄都是虔诚的犹太教徒。

“我哥还在以色列参过军呢，他还想影响我。”

“你也去了吗？”诗戈问。

“要是一定要参军的话，恐怕我参加的会是对方的军队。”

说到宗教虔诚，华博士对诗戈提起他实验室的助手汤姆：“你见过他的，帮我搬家的那个小伙子，也是跟着我老板从费城过来的。”

汤姆二十三岁，没学位，干打杂跑腿力气活。还干第二份工，好养活宾州那边的老婆和两个孩子。“汤姆也记得你，他说你人和电话里的声音很符合，他一听就知道你是个单身汉。”说到这里，华博士顿了一下，没有明白点出诗戈的为人和说话都吊儿郎当、怠懈、轻飘飘，反而感叹有些美国人活得太累太刻板：“他们什么时候才能进入文明时代？”

晚上电视没有放“星际旅行”或者“吸血蝠”系列

的时候，泰德就翻阅当地报纸的征友栏，打电话联系。华博士没有折腾那一套，最近却已经找了一个新女友，就没工夫和单身汉们看电视聊天了。对方看上去三十多岁，也是大陆来的；华博士和她在一起时，总是努力显得很有风度，接妻子电话时却越来越不耐烦。她太太打电话总找不到他，就问诗戈他是不是真的工作忙。诗戈回答应该是吧。她打了一次又一次，后来干脆就在电话里哭了：“女人好可怜，你怎么这样没有同情心，不肯帮帮我！”这些麻烦让诗戈对华博士多少有些不满。

只有贝蒂，乖乖地蹲伏在一旁，要求那么少，却给予那么多温情和安慰。

一天晚上，诗戈自己一个人看电视的时候，门铃响起来。他走出房门，却没有看见人，只有夜空中一列亮着灯的警察直升机嗡嗡地飞着，像往常一样，追踪抓捕毒贩。听到有人打招呼“嗨”，诗戈才扭头看见墙边一个穿着艳丽碎花黄色裙子，有点矮胖的东方女人。似乎也就二十来岁的样子，挺着凸起的大肚子。走近了，看见她头发就那么简单地平梳着，单眼皮，五官并不精致。

“不好意思，我是你们的邻居雪莉。我想我的多尼跑到你家草坪里去了，能帮我抱出来吗？”她用很标准的英语说。

诗戈这才看见草坪的一角，矮树墙边的一只黄色梗犬，在平静地看着他们。他觉得自己不是第一次看见它。想到自己去抓可能会惊跑对方，就对雪莉说“你自便吧。”

梗犬既没有叫，也没有试图反抗逃走，轻易地就被雪莉又抱出来，牵到手里。大概是注意到诗戈英语的口音，雪莉突然用浓厚的京腔对诗戈说：“你是中国来的吧，我也是，北京人。”

她自己租住在旁边里维拉大街 52 号，就是那个四周全部用高墙围起的“中国庭院”，从外面能看到里面一些二层建筑顶部。她是开披萨饼店的，店离主校区不远。

“好多中国学生来我店里买披萨，不过北方人不多。”雪莉的京腔越发浓厚，让诗戈对自己的校园普通话感到有些自卑，同时也觉得她的声音有点似曾相识的感觉。他也去那里连买过比萨饼，不过只见到打工的墨西哥人，或者白人学生。

“我自己平时在店里的时间不多，现在怀孕快生了，更懒得去了；也就下午去转转，很少去前台。”

“老板的日子就是舒服啊。”听到诗戈这么讲，雪莉不像中国人惯常的那么客套谦虚，而是自然地露出阳光的笑容。她说起一些租金成本和营业额之类的生意经，确实钱赚得不少，也很轻松。

“有时间来我家玩啊。”不过她仅仅是礼貌而已，并没有留下电话号码的意思。

这天泰德晚上回来时显得不是很高兴。上班时，他听到手下漂亮助理杰奎琳讲起三十一岁的姐姐："她真是疯了，要嫁一个四十三岁的老头子。"这话可真伤了泰德。要知道两星期以来他一直在积蓄勇气，想对杰奎琳说一句"我觉得你很吸引人"之类的话。他觉得那姑娘纯真自然，散发着生命的尊严和美，很像珍。珍是他家乡俄亥俄小镇上的姑娘，特别活泼，不断地爱呀爱的，每次都那么实实在在明明白白死去活来，直到知道自己带上艾滋病毒，可能活不久了。她变得易怒，有时歇斯底里，摔东西，哭，尖声和男友吵架。自那之后，这个当时被称为世纪绝症的东西，对田园小镇的家乡人也不是那么遥不可及了。

诗戈不禁想起自己的家乡。人不管走到哪里，都躲不开自己的故乡。上个周末，本地一个华人教会组织大家在海滨的公园露天烤肉聚餐。其中一个组织者也是自己的老乡李洁，一位声音大而自信的矮个女人，大概二十八九的样子，额角长着一颗黑痣。她热情地问到诗戈的专业："呦，那玩意儿好找工作吗？"

"还不清楚，大概够呛。"

"那你还不快转专业！"她的音量又大了一些，吓得诗戈一时不知说什么好，只是说还没有具体打算。

"是懒吧！年轻小伙子，打点工，攒钱学个电脑什么的，出来像我老公在芝加哥，一年八万！”

“然后呢？”

“然后？然后你就可以回国娶一个太太带过来呀！”李洁觉得这还要问，不耐烦要挥手大叫了，额角的黑痣几乎要爆炸。

就好像刘备听到曹操说破心事，诗戈差点儿把盘子也掉在草地上。正好老远看见伟杰在烤肉架边忙着，就走过去寒暄几句。

“你那个同学还在打电话骚扰你吗？”诗戈刚问出口，伟杰眼里的惊慌就让他后悔失言了。然而旁边那个瘦削，长着一双菱形眼睛的女士无疑已经听到了。她有点不好意思，说自己叫颍君，感谢诗戈多次替她叫伟杰接电话，并且为给他们带来的麻烦道歉。

“哪里有麻烦。”诗戈急忙说，然后就不知说什么好。原来颍君没有回国探亲，而是已经离开老公那里，转到诗戈和伟杰所在的本地大学读 MBA。

诗戈用纸盘接过伟杰夹过来的火鸡肉，道声谢之后，马上就借着加饮料的机会，转到博士老张和凌云那边，坐在草地上铺开的塑料垫子上聊起来。旁边还有两个新来的男生牛志勇和乔运良。两人个子一高一矮，身材一胖一瘦，牛仔裤的颜色一浅一深。他们都是凌云去机场接的机，这次参加聚会也是搭凌云的车。

那个年代，国内像这个有露天烤肉架这样设施的海滨公园也很少见，也没有烤肉会餐能白吃这样的便宜事。两位年轻人的眼里都充满了对新世界的新奇和憧憬。志勇似乎家里经济条件稍好，也比较外向，刚来就打听买旧车的事情，但主要是生活方便。小乔戴眼镜，内向一些，个子稍高，瘦，站姿不是很直。长脸，喉结挺突出，一动一动的，头发乱蓬蓬，胡子也没刮干净。因为国内的女友要来，他其实更需要车，但是经济上不宽裕，需要积攒几个月的奖学金。

他们都以博士后老张作为在这里奋斗成功的楷模。但是老张自己却苦笑着摇摇头：“我岁数不小了，给人家打个临时工，寄人篱下，有什么意思!”他一直在联系回山东的大学工作。看出年轻人不是很能理解，他也就不多说了。

正在这时，一个带着小孩的女士远远招呼他过去。她身材小巧，戴着挺雅致的眼镜，皮肤白皙，下巴尖尖，穿着似乎是蜡染的蓝色花裙子和凉鞋。全身散发的品位，在学校人士露天聚餐会不拘小节的氛围中，很是突兀。

在这次见到他精致玲珑的妻子之前，诗戈就一直觉得老张这人不简单。精干而又带着学者的率真诚恳之气。他说自己混得不行，也不会让人觉得是谦虚过分的虚伪。虽然年纪不小，但是给人一种没大没小的感觉，也没有人问到底多大。老张精力很充沛，身上没有一点赘肉，在篮球场上蹦蹦跳跳，很灵活，个头很矮，但是经常能抢到球，当然扒人家球的动作也有点阴的感觉。

没几分钟老张就回来了，不好意思地对大家说：“我太太她们几个女士觉得我们这里有树荫有塑料布，想带着孩子们过来。咱几个绅士发扬点风格好不好？给她们让一下，去那边草地上踢会儿球吧。”小牛立刻赞成，说自己就是穿了球鞋来的。

诗戈看见他脚上的廉价白色双星帆布足球鞋，和自己二手福特车后备箱里的那双一模一样。

阅读报上的征友广告时，泰德总是很认真，默不作声，手里还拿着一支笔。诗戈发现凡是自称漂亮，年龄范围合适的他统统都做了记号。泰德解释说广告大都言过其实，如不提漂亮就是很丑了。年龄范围的下限他倒是准备提高一些。年轻女人对物质的期望值太高。

“漂亮的标准因人而异吧？”诗戈试探地说。

“那是，你觉得什么样的算漂亮？”

“黑人大都漂亮。”

“那还用说，可是黑人不好追呀。”泰德感叹说。

黑人男子要找个白女倒很容易，像中国人的俗话说的：窗户纸一捅就破，但是反过来就难了。泰德以前工作的图书馆，曾经和附近监狱搞过一个读书活动。泰德注意上一位因为写了三千美元假支票坐牢的黑人妇女纳塔莎，替她付清了账；可她出来后，没两个月又写了一张，再次坐牢。而且纳塔莎好像从来也不感激他，心里只想着儿子，儿子，探监的时间都用来见儿子。泰德说一些人来南方找黑人女友，就是因为这里的种族融合历史长，大家都混血了，黑人女子不像北方那样，种族意识强烈，心理上抗拒其他社会经济地位更优越的种族。

“你的意思是，拉丁美洲比北美洲更文明?”诗戈问。

“某种意义上是这样。”

诗戈说起自己在博德斯书店碰见波士顿女诗人苏珊。他和她套了一会儿瓷，最后解囊买了一本她新出版的薄薄的诗集。她在扉页上签了名却拒绝留电话。那真是何必，不然还可以把书退了。

“诗人和读者，现在是个很小的圈子啦!”泰德一面讲着。忽然翻到一首自由格式的小诗，问道：“你当时是这样接近她的吗?”

诗戈接过书一看，原来这首小诗专门讽刺一种对女诗人庸俗的搭话，并企图索要联系方式的行为，大致就是当时自己使用的。诗里用的还是第一人称呢。他自觉受了很大的伤害，更加沮丧。

“她在书店里搞的可能是一种行为艺术，不过也很无聊。”泰德正安慰着诗戈，听到电话铃响，就去厨房接电话了。诗戈知道泰德在和三四个女性约会，其中一个叫艾米。

“是艾米，她说今天晚上很忙，不出来了。”泰德接完电话回来说。

试图和这样多异性交往，大多数不工作的晚上还是要待在家里看电视。单身汉的生活真是寂寞。

“我只是她们生活中极小的一部分呢。”他决定再多找一些，接着翻起报纸来。

有一天诗戈调程序上瘾，回家晚了点，进门看见奥利弗和泰德在客厅的沙发上聊天。

夜色阑珊，奥利弗明显心情不好。他工作的小航运公司生意正好，订单不断，偏有两架飞机出了小故障，急需检修。在这节骨眼上，机械师阿列克斯却辞职不干了。阿列克斯是同性恋，他的伴侣昨天因病去世了，留给他无尽的悲伤思念，以及一笔大额人寿保险金。幸运的阿列克斯不需要工作了，他成了自由人，快活的人。可是公司却被坑苦了。

另外奥利弗的个人生活也有麻烦。他的工作签证快到期了，需要维持身份。奥利弗本来已经找了一个美国女人假结婚办绿卡，可是那女人想到手续完成就要失去丈夫，无论怎么哄都不肯去移民局作证。小时候第一次坐上滑翔机的时刻，奥利弗就知道他这辈子的使命就是飞行。他决定牺牲自己，明天起搬去和妻子同居。

泰德面色惨然，谈起自己的绿卡婚姻。他情商不高，是事后才明白：安娜，就是那个苏联来的犹太女物理学家，和他结婚就是为了绿卡。一年后目的达到，人家立即离婚走人。

“你不想成为美国永久居民吗？”奥利弗问诗戈。

“永久居民？我能永久活在地球上吗？”

泰德转了话题。凯蒂告诉他，要住进奥利弗的房间的，十有八九是三个月前才搬走的老房客比尔。他原来住在诗戈现在的房间里。

“他喜欢用小客厅窗户边上那张小桌子，我得把我的书架搬开，搬到哪里呢？”泰德虽然一直惦记着要还清债务，却总是忍不住买旧书和盆花，堆在客厅的各个角落。

“说不知道比尔会不会急着住进来。不急的话，这个周末我哥哥西奥多从北方过来，倒可以住在奥利弗的房间。”

泰德担心自己几年内成不了家的话，就会变成西奥多那样的糟老头子。

“我看你很喜欢历史，倒可以和他聊一聊。”他对诗戈说。

宾州大学算不上贵族学校里最好的，却足够把西奥多培养成一个和校园外的社会格格不入的人。他总是喜欢大谈一些老百姓从来没听说过的事情，比如说，十三世纪西班牙加泰罗尼亚某个吟游诗人生卒年月考之类的东西。

在迈阿密的国民警卫队服役时，西奥多决心追求光明，叛逃古巴，临行前打电话向双亲告别。父母立即报告当局，几十分钟之内他就被抓起来。关押、开除之后，西奥多不知怎的又成为狂热的犹太复国主义分子，不顾父母强烈反对，去以色列参加国防军。因为一米九的个头太

高，不能加入最危险的坦克兵，而且也没赶上战事，非常失望，又回到自己痛恨的美国。再后来好像做旧书生意发了财，现在不知有名下几个百万，别墅几处，但是在事业上仍然耕耘不止。西奥多生活俭朴，为一家旅馆维护设备，换取免费住宿。和许多常春藤毕业生一样，他立下遗嘱死后遗产全部归母校。

“总之，那些名牌大学就是这样，制造怪物，靠毁灭人家的人生发财。”

奥利弗走了，比尔、西奥多也没来。倒是有一些人看了广告来看房子。

一个洋娃娃一样的娇气小丫头由她表姐陪着来的。她表姐说小姑娘立志学音乐，很喜欢这地方，但是价钱太贵了想压一压。凯蒂很不耐烦打发她们走了：家里底子不厚还做着音乐梦，而且见人都开不了口，哪里有艺术家的气质，和那种溢流而出的生命原力。

另一个是本地大学哲学系的年轻姑娘，倒是高挑美丽。她大方礼貌，青春四射，有着充沛而深刻的高贵气质。女人之间的直觉，她明白凯蒂不可能接受自己，没说几句很快就走了。

“什么艺术，还不是为了早晚卖个好价钱！让她们住进来，肯定会勾一堆人来天天晚上胡闹！”凯蒂撇着嘴对诗戈说。

周末和大家一起踢球的时候，诗戈得知了坏消息。刚来的志勇和运良学车的时候出车祸死了。听到的说法是新司机缺乏经验，在一辆多轮加长卡车前减速。大车动量大停不下来，把他俩开的小破车整个碾在高大的轮子下面。

凌云有些愤恨地说，他俩如果是女生肯定有老生主动去教，绝不至于冒此危险。

诗戈不禁想起自己买车学车的困难和惊险。自己刚来还没有开车的时候，第一次被凌云拉去踢球。凌云一边开车，一边说踢球这伙人的老大是他师兄，一会儿你就见到了。以前是北大校队的，球踢得好，人又热心。凌云自己刚来的时候人生地不熟，也是多亏他照顾。师兄管理学博士毕业，刚找到一个很大的会计师事务所的工作。新单位那边的房子，这边的搬家公司都联系好了。这次去北边不远一个城市开学术会议，作自己学术生涯最后一个报告；完事后马上就赶回来踢最后一场球，可能会晚到点。踢完后大家计划一起吃晚饭祝贺一番。

诗戈记得很清楚，那天有几个人怕受伤不愿意和老墨或者白人踢比赛。幸好碰上一伙即兴开踢的犹太人，没球鞋不说，穿着大袍子头顶小帽。一跑起来帽子老是掉在草地上，不知是顾前面的球还是后面的帽子，很好玩。双方踢得还挺尽兴。不过天黑了也没见传说中的师兄露面。后来才知道他在高速路上出了车祸死了，车子撞得稀巴烂，应该是疲劳驾驶睡着的典型后果。

踢完球，回家洗澡吃饭之后，诗戈心绪不宁。他又回到大学的图书馆中文部，找点东西看解闷。

那里本来就是一贯僻静的角落，又加上快到闭馆的时间了。他匆匆走进来的时候，只有一位女生坐在桌边。她扬起头的时候，诗戈又见到了那双菱形的眼睛，用目光向他致意。颍君的头发长度稍及胸前，习惯性地用手指将发梢向前弯起，似乎是含在嘴里。

一时间，诗戈感到一种难得的温暖，似乎那双眼睛明了世间所有的恐惧、挣扎和压抑。反正不会影响别人看书，他一改平素的拘谨内向，主动致意搭讪。

颍君倒是没有在意他的突兀，干脆把书本放在一边，两人交谈起来。不过似乎也不知道聊什么好。伟杰是他们都认识的，人不温不火，还算是挺热心可靠的吧。她和伟杰是河南老乡，都是一个厂区中学出来的，伟杰是理科，她是文科，还小两届。

这时候，还有半小时闭馆的广播响起来。诗戈还没有去借书，颍君也干脆收起了自己摊开的课本，两人一起往外走。

说起住的地方，原来颍君也是住在那个中国庭院里。从主校区走路就可以到的。不过现在可以顺便搭诗戈的车。诗戈说晚上这条路走起来不是很安全。也曾有中国来读 MBA 的男生骑车被黑人用枪顶着抢走了钱包。另外她的穿着在校园里也略显正式，一看就是工作过的女性。

说完后他马上又后悔了，觉得不该吓唬女生。颍君也是 MBA 学生，不会不知道这些。但是诗戈感觉她和其他中国同学未必有很多来往。

好在她似乎有一种沉静安宁的气质，没有注意到诗戈的胡思乱想。

这时候车已经停在中国庭院的侧墙的红漆格窗门前。颍君谢谢诗戈的关心，还告诉他这里也住着其他经常去主校区的房客。比如还有一个早就移民过来的北京女生，是那个比萨饼连锁店的老板。她还经常去那个店打工。

“她的房间就在我侧上面。有时候有点吵。”颍君指着那个庭院围墙上面露出的二楼的小阳台和窗子。弯曲树干的棕榈树长得过高，树叶没有遮掩到它精致的檐。

诗戈一下子想起了雪莉和她的狗，还有她的似曾相识的京腔：刚搬进来不久的一个傍晚，他出来散步，顺便领受一下周围环境。路过这个阳台的时候，听到里面传来哭叫和吵架的声音。

“立强啊，你竟然会打我，打自己的女人！你还是男人吗？我怎么会瞎了眼，嫁给你！”这个带着绝望的声音原来是雪莉的。

“你本来就是一个傻逼！”一个男声说道。

“你打我，不怕打坏我们的孩子吗？”

“孩子有你们家的基因，本来就是个烂种，打坏了也活该！”

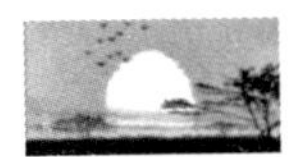

然后又是女人的哭声。

几天之后一个下午，阳光灿烂。比尔住了进来。

初次见面，诗戈觉得比尔大概三十岁出头，西装革履，整洁利落，显得成熟稳重。职业性的亲切微笑，嘴里不是“极好”就是“顶好”，一双蓝色的眼睛却不乏真诚。

晚上两人坐在大客厅的沙发上，一边看《星际旅行》一边聊天。比尔读过 MBA 以后就在一家电脑咨询公司工作，经常出差，在这里住了两年，很高兴又回来。得知诗戈是中国人，他显得格外有兴趣。

这时泰德走进屋门，看到两人聊得投机，很惊讶。他们俩算是熟人，寒暄几句。

诗戈说起下午比尔搬进来的时候，一个皮肤黝黑，干瘦，衣衫褴褛，戴草帽的家伙，带着两个穿得破破烂烂，睁着大眼睛的小黑孩，站在草坪外使劲向他们打招呼。他嘴里“钱，钱”的，两手比画了一会，诗戈才明白他是来要剪草坪的报酬。凯蒂从比尔的房间的窗户里看到了，冲下楼来，用西班牙语一顿训斥，把他们骂走。诗戈都担心那两个怯生生的小孩子被吓出病来。

凯蒂找人换了比尔房间里不少家具，还给诗戈换了一张床，说是为他好；一小时后又风风火火的把原来的床换回来；没到晚饭时间，她再次改了主意，叫人把新床换进来。

泰德也不喜欢凯蒂这样的女人：嫌贫爱富，成天操心这操心那，不是担心房子着火，就是害怕黑人撬门。按泰德的说法，她没把贝蒂抱走，是因为怕猫抓坏别处的新家具。但她最嫉恨的，还是其他女人。女人是罪恶之源，这是她的口头禅，最近好像连“之源”两个字都省略了。

诗戈突然想起上周那两个想要回押金的巴西姑娘，两次来都赶上凯蒂不在。她们的风格年轻漂亮又野性，满怀激愤地对诗戈说：“她必须还我们的钱!”现在诗戈更加担心起自己的押金，泰德说不必，他知道故事的来龙去脉：那两个扎辫子的小丫头片子，弗朗西斯卡和表妹莱特莎，当然任性可爱，可是好像也欠了不少房租，比押金还多。

比尔知道凯蒂和她侄女住在一个私人小岛上，他以前去那里参观过。她是个复杂的人物，在意大利学过艺术，还开过自己的画展。和凯蒂自己作品并列在客厅里的，有一张她和一个高大男人在美人鱼像前的合影。还有书柜玻璃后面的一个一条腿的残废锡兵和精装的《安徒生全集》，也是她的丹麦纪念物。

“凯蒂说，这个世界已经没有那种质朴和不屈的男人。只有他们才会给女人真正的浪漫。”看来比尔是一个细腻敏感的人，女人肯对他讲心里话。

泰德和艾米又有了麻烦，事实上他们分手不下十次了。

“她说我不知趣，没有风度，令人讨厌。总是发脾气，动不动取消约会，又怪我不陪她，一会儿一个主意。”为了给她解闷，聊她喜欢的话题电影，泰德还提起自己的中国室友，说他喜欢看美国的老片子。

艾米的眼睛亮起来：“Luis Rena，有人记得她吗？她和保罗·穆尼搭档。有时间一起吃个晚饭吧。”

回到自己的房间，诗戈躺在床上看自己的小电视。天花板上有一只绿色的大壁虎。应该是从开着的窗子进来的。

窗外夜色温柔。

# 第二章
# 1996 · 艾迈姆 · 美国

华博士似乎和妻子和好了。比尔却开始在周末醉醺醺地领回形形色色的女人，有一次好像还是华人。

凯蒂开始担忧起来："那些都是妓女！你可得注意锁好自己的屋门！"

她私下告诉诗戈比尔以前可不这样：他很安静，从不惹麻烦；一般待在自己屋子里；没人的时候，偶尔喜欢坐在小客厅窗户边的小桌子边上，借着落地灯的光看书、写东西。好像是写给"远方的女人"什么的。

这个月第二个周六，又是阳光明媚，外墙上攀附的植物开了好看的小红花。诗戈在大客厅看电视转播橄榄球比

赛。比尔和一个矮个大眼睛女人进来，打完招呼就上楼进了他的房间里。

这一个倒不是妓女，前一次来她还在客厅里聊天，告诉大家她是来自海地的物理化学硕士毕业生，还要介绍自己家乡的年轻好朋友给泰德，因为他是“年长睿智的美国人”。泰德很气愤，不过没有当场发作。后来跟诗戈讲比尔瞎了眼，怎么看上这种没礼貌的人。美国没有人觉得“年长”是一种恭维。

没过多久，一个身材不高而消瘦，颇有姿色的女人，没有按门铃就从后面的小客厅的门径直走了进来，后面跟着一个中等个子，很帅气但是表情迟疑的男人。

“嗨！这是我丈夫扎斯丁，我最近结婚了！”一进她来就兴奋地对每个人大声说个不停。“亲爱的，这房子怎么样！瞧这大理石的地面和墙壁，双客厅，外面的石雕！”“这些破书是你的吗？原来可没有；还有冰箱也挪动了，这样厨房就显得窄了；哎呀你们开空调怎么不关上窗户！”“亲爱的，我带你上楼看看！”

女人上楼直接推门进了诗戈的房间，出来后还对站在下面楼梯口的他说：“就算是男人住的，这屋也太乱了点。”

“是啊，我最近忙，情绪不高……”诗戈又不知道说什么好。

“屋子收拾整齐了，人情绪也好！”说着话她一阵风地奔向其他屋子。扎斯丁也走过来，轻声对诗戈说：“你可真是个有耐心的人。”

猛然间从比尔的屋里传出来女人的尖叫。扎斯丁的老婆说了声“对不起”就退了出来，似乎满不在乎地走下楼，走到不知所措的丈夫身边。

“你们是准备租住吗？”诗戈问她。

“我们是要买下它！我丈夫他很有钱！”她举手攥起拳头，双眼里放出奇异的光芒，吓了诗戈一跳。看出他的窘迫，她安慰说：“别担忧，这周围有不少好房子，你们可以再找地方租，很容易的。”

扎斯丁上楼说了一些道歉的话，然后下来把自己的女人带走了。

诗戈知道凯蒂一直想要卖掉这房子，三十万美元，甚至二十七八万美元就肯定愿意出手。下午泰德回来，诗戈问起是不是大家要散伙。

“别担心。我知道那女人，索尼娅。原来住我现在的屋子，这儿出毛病啦，”比尔指指自己的脑袋，“想嫁有钱人想疯了。扎斯丁我也认识，人不坏，可看不出有什么钱。索尼娅不过是勉强嫁掉罢了，却生活在幻觉中。不过谁知道呢？一个乞丐兴许还在银行有一百万呢！我反正是不操心搬家的事。”

到了晚上比尔心事重重。诗戈还是头一次看见他坐在小客厅窗户边的小桌子边上，拧开落地灯，在纸上写着什么。看到有人回来他就上楼回自己的屋了。

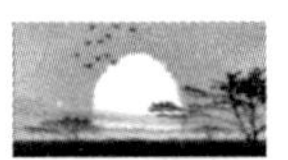


泰德一回来就开始讲他和艾米的关系进展，声音压得低低的："我跟你提过没有，她有中度的 LUPUS，别说去海滩晒太阳，就大白天都要待在家里。不能外出工作，只能自己写点东西，怪不得脾气那么坏，那种病本身说不定也损害脑神经。我们在网上查了查，英国人在试验一种中药，叫雷公藤，你听说过没有？另外，我发现情况有点复杂"。"她有一个老公。有一天晚上在她家聊完天出来，看见我车边上还停着一辆，里面睡着一爷们。他没回卧室，大概是怕穿过客厅打扰我们。还有一次他开车带我们出去吃饭，也是自己睡在车里等我们吃完。艾米说史蒂夫养家不容易，不到四十岁身体都垮了，也是一身病。老待在车里等，他也很生气。现在我们三人一起吃饭，史蒂夫和我互相挖苦对方，争夺艾米欢心。艾米的妈人不错，她说我和艾米看上去真像是一对。史蒂夫恐怕是性能力不行了，拖得已经太长了喽"。

这时候，突然听到楼上比尔房间有人大叫了一声："见鬼去吧！"，接着是落地灯翻倒碎裂的声音。

泰德根本不在意，准备继续讲下去。可这当口老华带着一个中国女人回来了："嗨，你们好，这是我太太；这是泰德和诗戈。"原来老华在费城又找到工作，可以回去和太太团聚了。他太太南下，准备夫妻从这里坐船到加勒比海玩一圈。

泰德说明天还要早起工作，道了晚安就回屋睡觉了。诗戈决定开车去博德斯书店下围棋。

他很久没有来了。大部分人都在聚拢倾听台湾来的哲学系博士生赖先生用蹩脚的英语讲棋。一堆熟识的脸孔中，没有奥利弗，却不期见到了颍君。一头金色披肩长发的西蒙坐在她边上，向诗戈点点头。还要把他和颍君互相介绍一下。诗戈这才知道她的英文名字是JUNE。她笑着对西蒙说自己和诗戈早认识了。西蒙大学没毕业，混在社区学院教书，喜欢钻研音乐、道教和科幻小说。

诗戈不是很喜欢赖博士的那一套棋经。这人脾气不是很好，偏激，却喜欢扯什么均衡之美。有一次问他刚下的棋赢了没有，他就生气了：什么输了赢了，难道中华棋道是在于胜负吗？台湾人都不认自己的祖宗文化了，北京人也要不认吗?!

诗戈买了两杯咖啡，和颍君在角落的桌子边开始低声闲聊起来。

“在这边是不是心情好起来一些?”他小心地问。

“没想到你知道这么多。很不好意思。”她用淡淡的口气说。

但是诗戈又紧张起来。前两天回去原来合住的房子聊天打扑克牌的时候，伟杰告诉他以后说话小心点，不要张嘴就刺激别人。颍君她老公出国后，人变得很消沉，还入了教会，住在一个台湾来的教授弟兄家里。千辛万苦把她办来陪读，却发现俩人的精神世界有了距离。她没想到乐观，诙谐，有着男中音嗓音的老公变成这个样子，成天“主”啊，绿卡什么的。情绪失常时，她还摔过东家的杯

子，差点被送进精神病医院。总之在那个城市她是没法混了。

“没什么。你准备什么时候回国一趟?”诗戈转开话题。

“今年暑假。你呢?”

诗戈说起自己课业很忙，恐怕没有时间。父母每个月都来信，全是鼓励、嘱咐要注意保养自己就好，他们一切都好，不用挂念；可是看信里夹的照片上，觉得他们老得真快，好像东西往下掉一样。

“你知道 LUPUS 是什么病吗?”他转了话题。

“中文是红斑狼疮。谁?”

“朋友的朋友。”

“你等一下，我给你看本书。”颍君起身走开，消失在一排排的书架中。

回来时，她手里拿着一本书，封面上一张粗线条速写的女人脸，忧郁是寥寥几笔就能描绘的特质。

“这本书的作者也是得这个病去世的。她是个很有名的南方女作家。”

书店十点关门。颍君是从学校坐地铁然后走过来的，大概十分钟的路，诗戈开着自己二手福特车把她送回家。

中国庭院的红漆格窗门外，路边多停了几辆车。雪莉的房间灯火通明，颇有人影人声。颍君说雪莉前不久生了个胖儿子，今天大家聚会祝贺，两边的家长都来了，估计现在还没有走。她下午还送了一件礼物。

比尔为自己的失态向诗戈道歉，还讲了他自己的故事。

特蕾西七岁的时候，和另外两个女童遭到过学校舞蹈老师的性侵犯（那家伙后来在牢里被人殴死）。爸爸一辈子不走运，没有什么稳定工作，酗酒，多疑。她忘不了有一个晚上溜进厨房找吃的，没开灯。冷不防有个冰凉的东西顶在后腰，吓得她不敢动弹，过了一会才知道是她爹拿着把猎枪。

十岁那年，妈妈离婚走了。她在辛辛那提州立大学读书，二年级暑假回家时，遇见来看望舅舅的表哥杰夫。杰夫的父母在他很小时就离异，带他长大的妈妈一年前得喉癌死了。

孤独的心都像磁石。假期后特蕾西不顾一切，转学到表哥的学校和他同居。杰夫对未来疑虑重重，使她大失所望，深感所托非人，一年后毅然离开大学城，开始自立生活，并告诉苦求她回心转意的杰夫“要坚强，走你自己的路”。

偶遇性格内向，长着一双明澈蓝眼睛的比尔，特蕾西烦乱的心绪得到些许安宁；比尔觉得内心复杂刚强，事事自作主张的她是一个神秘灿烂的世界。他们同居两年，直到特蕾西听到杰夫在儿子出生后结婚的消息，直飞去杰夫所在的城市。看到他西装革履，敬业工作，回家面对娇妻爱子，仿佛从浓浓的天伦之乐中找到了人生真谛。

她离开比尔，回学校读完课程，辗转来到田纳西一个小镇教书，陪着老姨妈过日子。比尔去找她，却被告之他们之间的一切都已过去，那两年只是一段“插曲”。他不能忘情，自己不断写诗。

几个月前去看望特蕾西时，她已嫁给教堂里结识的，大她十一岁的马克。马克是镇上的电工，几年前死了妻子，留下一男一女两个十岁左右的孩子，都很喜欢特蕾西。

至于杰夫，他离婚了，妻子带着儿子走了。他进过芝加哥的一个戒毒所，后来就没了下落。

“你们东方人是怎样看待女性的？我在读朋友推荐的一些日本作家的书。东方真是神秘莫测。”泰德也说他年轻时总是嘲笑来自东方或欧洲的至理名言，觉得荒诞不经，后来却一一验证。比如见到非常漂亮的女性演出一场又一场人生悲剧，他也相信“红颜薄命”了。

但是诗戈说美国大多数人终究要接受中国人的生活方式，他不能赞同。泰德提到美国大学的中国人都很聪明安静，但电视上关于中国的节目，尽是人山人海的景象，个个表情麻木不仁。诗戈正要争辩说不知道谁更麻木，转念一想又算了。碰巧电视上来自欧洲的篮球明星被主持人要求对观众讲话，他祝大家在新的一年里保持健康，有了健康其他的东西会水到渠成。泰德和比尔，还有电视里的观众，都没有反应。诗戈不免感到有些奇怪。

“在这个国家，这是一句蠢话。”泰德缓慢而清楚地回答诗戈，“有钱可以买到一切，当然也包括健康。”

诗戈这时不禁想起奥利弗当初跟他说的话：他刚到美国觉得事事不可理解，后来突然明白，这里人就是疯疯癫癫的，然后一起就都是那么顺理成章。

老华夫妇走了。乔治也有几天没露面。住进老华房间的居然是索尼娅和扎斯丁，他们是开着一辆大柴油奔驰车来的。索尼娅说他们需要时间考查一下这一带哪所房子最合适。

“中国庭院就不错啊。”比尔私下说。她非常洁净，墙里墙外的树木从来没见有枯叶，晚上有时也有灯光，有人进出那扇小月亮门。

泰德的父母也没和谁商量，突然间就把老家的房子卖了，千里南下，在离这里五十分钟车程的地方买了房子安顿下来。他们以前一直说南方怎么油滑无理，要替泰德在自己住处附近找一份工作。泰德记得小时候，他爸从来都是天不亮就披星戴月去上班挣钱养活一大家子，“我们是工人阶级”。他妈也是从早到晚操持家务，可是他们七个兄弟姐妹没有一个成个像样的家养育后代的，害得父母没有孙儿辈抱。

和泰德艾米一起去吃中餐晚饭的那天，诗戈早点回家洗了个澡。在泰德的车上，两人谈起比尔。

“比尔有的时候服用大麻，如果他谈起来，最好别去配合尝试。”泰德叮嘱道。诗戈只听比尔说过一种叫 PEOTE 的东西，是一种小而有刺的仙人掌的皮，也可以干燥后磨成粉末。印第安人在宗教仪式上用到它。服用后产生各种幻觉，比如运动的物体会带着彩色发亮的尾迹。但是比尔最享受的是一种类似死亡过程的体验，也就是能够飘然离开自己的躯壳，在一定距离处审视自己。

到艾米家里时，太阳还没完全落山，只见草坪都好久没修剪，也不怕邻居抱怨。屋里黑咕隆咚，阴森森的。好几条狗，有的叫有的不叫。

艾米大概三十几岁，苗条，长圆脸，深栗色的头发盖住前额；眼睛很大，且有一种属于少女的乖俏羞涩的神采。她穿着棕紫色的长袖衫和直到脚踝的长裙。史蒂夫高瘦，谢顶，表情疲倦。

诗戈坐进史蒂夫的车。去饭馆的的路上艾米开始叽叽喳喳，她很高兴诗戈也喜欢 June Alison，还有科幻小说。她还发表过几篇科幻小说呢。

整个晚上，艾米都试图谈前生和来世。她前生是一个中国小妾，来世也不愿作英俄混血了。她要当印度舞蹈家，跳一辈子舞，直到累死。如果一个人做什么事情做到累死的份上，他（她）就成为关于这东西的一个神，暂时跳出生死轮回。

诗戈说自己恐怕这辈子就累死了。史蒂夫立即表示赞同。干自己不喜欢的事绝不能等到累死，快死的时候要自行了断，免得成为这个烂事之神，无法脱身。

吃完饭诗戈道谢说可口极了。接着他们开车去看艾米的一个好朋友。黑夜里，车子转来转去，到了一片封闭社区的入口。保安打开咣当作响的铁门，让他们进入一片非常安静的公寓。只见一轮明月在黑黢黢的树林轮廓之上。

一个坐轮椅的中年妇女摇出来迎接。艾米送给她一个刚在 YARDSALE 买的青色小玉石坠，她就打开自己的一大堆收藏请大家看，全是一些小小的玲珑物事。两个女人嘀嘀咕咕，琢磨了很久，还要请诗戈鉴赏。他连忙摆手说自己不懂这些，艾米觉得很失望。

回到庞斯德利昂十三号，艾米推荐了印度婆罗多舞"莎恭达罗"的录像片，还有一盘英国电视剧，并坚持说演女主角肯定是一个男人。她这么一说，诗戈也觉得有几分道理：从面部特征棱角和气质看，你把她想成是个男的，她就像个男的。但是很多女的也是如此。

泰德不知趣地推荐了柏拉图哲学教学录像片。最后很晚艾米和史蒂夫才回家。

第二天，诗戈在学校碰上一些麻烦事情。一个胖大的美国同学马丁，原来在电脑咨询公司工作，出于兴趣，拿着什么退伍军人奖学金来读书。他数学不好，报告形式倒是做得很花哨。还好心指导别人，说自信比啥都重要，是

垃圾也要精装卖个好价钱。结果出来，慈祥的欧洲老教授给马丁的垃圾打了最低分。他在联络学生准备告状，还想拉诗戈签名。

另外据说系里山口教授的研究经费突然被砍了，他的学生不得不改换门庭，准备转到约翰逊教授手下。约翰逊教授就是博士后老张的老板，他水平一般，但是爸爸以前当过海军部长，从来不愁经费。学院几个教授失去经费后，其实已经在低三下四给他打工。

吃午饭时诗戈对俄罗斯的伊万说：真没劲，不如回自己的国家。一向愁眉苦脸的伊万马上说万万不可：他的祖国如今纲常颠倒，盗匪横行。

“你看这两天新来独自坐在墙角吃饭的那个精瘦、胡子拉碴的男士，是我们国宝级的专家尤里，不也出来了？刚来没买车，天天坐地铁换 BUS 呢；再看看这个，”伊万让诗戈看他手指上的戒指说，“我要和一个俄裔美国女人结婚了，在这里扎根啦！你呢？”

诗戈想起在华人教会里碰见的王先生什么的，多年前从国内来了，拿了绿卡就没回去，特能侃。新来的那些活了快五十岁的中层干部、高工、访问学者，被他一灌，再带着看看这边像样点的房子，过几天天就找餐馆打工，决心留在这里了。他会冷不丁拍你的肩膀，问“太太怎么没有来？”，然后就讲中国人要找中国人成家，组成自己的社区，才叫扎根。然后就有人问你喜欢哪个华人姑娘。然后你就看他们对别的年轻人也演出这一幕。

晚上回家邮箱里有老华的两个大信封，诗戈打电话到费城，问他地址。他问清发信地址是中华人民共和国某省某县某村华某某，说不用转了，都扔垃圾桶。看着好几块钱的邮票，诗戈还有点可惜。

这时泰德回来，悲伤地告诉说昨晚战役惨败。艾米的反馈：第一，泰德吃完饭不知道道谢；第二，那盘录像太蠢。另外，她还说泰德和诗戈是同性恋。史蒂夫也在一边帮腔："对，对，同性恋。"

"为什么呢?"

"她看过电影《蝴蝶君》和《霸王别姬》，觉得每个中国男人都是同性恋。"

在书店里下棋时，诗戈正想向颖君请教一些电影和科幻小说的知识时，台湾来的李博士带来一个小老头，介绍说是他兄弟。大家吃了一惊，觉得两兄弟差别真大。李博士是本地大学什么工程系的教授，气质老朽，眼镜片下的面皮倒挺嫩，头发也还好，给人一种阴阳怪气的感觉。在这个俱乐部三个月，几乎没见他开口说过一句话。不管读书，下棋，看棋，还是听别人交谈，他都心不在焉，有时发出淡淡的叹息。赖博士说他教书还是不错的，不过当年从科学转到工程就断绝了摘取诺贝尔奖的少年梦想，加上

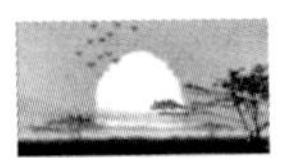


十年前和妻子离异，生活没了意趣，变成幽灵一样寂寞的人。

他的表兄弟正相反，瘦小扁扁的身板努力挺直。是个退役国军炮兵上校，转去当个什么使馆武官，使馆关门了自己也赋闲了。他意不在棋，说起自己当年指挥千军万马，口水飞溅；不平坦的脑袋顶，头发稀疏，头皮发亮。奥利弗听不懂华语，也笑他都老糊涂了，还要出来现眼。

颖君告诉诗戈，自己的 MBA 快读完了，已经在北边坦帕湾市找到工作。快要走了，想在走之前，和朋友们一起开车去南方的西礁看日落。诗戈又忍不住说自己去过几次，没啥意思。颖君笑笑说，可能自己去了回来也是一样感觉，不过还是想去看看。

贾斯汀夫妇搬进来后，好像房子里多了很多人一样。主要是白天有了一个主妇，索尼娅成天在客厅里光脚擦地板，抱怨男人们在冰箱里乱放食物。凯蒂来了几次都碰上她在家，嘴上不说什么，冷冷地都看在眼里。她凑到诗戈耳边小声说，这两人根本不是夫妻："经常看见两人热吻，哪有丈夫结婚以后还那么热心亲妻子的。"

这一天中午，诗戈要赶工作进度，就没去食堂吃饭，自己一个人留在办公室调程序。冷不丁有个人像幽灵一样转进来，原来是博士后老张，来主动和他聊天。诗戈有点诧异，觉得他神色不是很对劲。

果然没说两句，老张就说自己家里出事了。

“我太太她因为抑郁症，用玻璃片割腕自杀了。”

“接下去怎么打算？”

“能怎么办，生活要继续，要向前看。你不是也单身吗？我们一起开始找伴吧。不过我带着个7岁的女儿，不太容易。这个周末咱们就去本地华人教会？”

开车回到家，诗戈看见泰德的车已经先停在路边了。进屋后，他介绍说现在正是个拉丁美洲电影节，今晚就是一部关于巴西开国女王的片子，据说不错。诗戈想到颍君可能会喜欢，也知道她这会儿应该在打工，就开车直接去比萨饼店去找她。没想到颍君也知道这个电影节，说一会儿下班，晚上一起去。

时间还早，诗戈回家吃了饭，洗了个澡，把车里收拾了一下，才开去接颍君。到了中国庭院，侧墙外路边却停着一辆警车，红漆格窗门也半掩着。

诗戈第一次走进这个庭院，就看见草坪中青石板路通向的格子屋门前，一位高大的警察正低头和颍君说话。另一名警察看见诗戈，立即向他走过来问道：“你没事吧？”

“我很好。出了什么事？”诗戈感到很诧异。警察没有回答，却开始用大哥大汇报：报警人已经找到，没有伤害迹象，局面都在控制中。

“你们一定是搞错了，我不住在这里，也没有报过警。”诗戈努力向两个警察解释。对方还是将信将疑：不

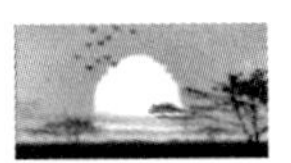



会错啊，就是这个地址，一个亚洲男性口音，报警说自己遭遇家暴。

颍君也分辩说自己是一个人住，诗戈只是朋友，来接她一起看电影。刚才来找她借电话报警求救的应该是楼上一对华人夫妇中的男方，被女方打得受不了。现在两人前后都跑出去了不见了。

经过这一番折腾，差点就迟到了。好在颍君似乎觉得电影挺有意思。回家的时候，诗戈谢谢颍君，问她什么时候去西礁，自己能不能一起去。

几天后的周六中午，天气晴好，风和日丽。诗戈一个人坐在客厅沙发上看电视。索尼娅突然下楼来，一屁股坐到诗戈身边，用眼睛盯着他。

“你觉得我怎么样？”

“当然，很漂亮的女人，很有吸引力。”

“你是很有钱么？”她一直盯着诗戈问。

“不是。我靠奖学金生活。”

又聊了没几句，索尼娅觉得话不投机，就起身离开了。

快到晚上的时候，贾斯汀也出现在客厅，很着急，说索尼娅是他原来在街上认识的，这会子她身上没钱也没有信用卡。

但是过了一会儿，他似乎平静下来，反过来还叫诗戈不要担心。

“你觉得她现在在哪里，在干什么？她会回来么？”诗戈不了解学校之外的世界。

“我不知道，也无能为力。恐怕也和我没有关系了。我想她不会回来了。”贾斯汀也坐下来和诗戈一起看橄榄球比赛。

到了比赛第4节开始的时候，夕阳下窗外的小路上有人歪歪扭扭地骑车过来。近了才看清是一个卷曲头发，戴着眼镜，穿得体面干净的黑人小男孩，大概七八岁的样子，在愉快地尝试自己崭新的小自行车。

刚到十字路口，突然从四个方向冒出六辆警车，把他卡在中间。车里冲出的男女警察凶猛地扑过来，小孩连人带车都被打得横飞在空中。一阵搜摸之后，警察们看上去没有发现任何可疑东西，扬长而去。小男孩自己挣扎站立起来，拍拍身上的土，一拐一拐地推车走了。

“应该是邻居有人报警了。如果凯蒂在，说不定就是她报的。”贾斯汀目睹这一幕，面无表情地告诉诗戈。他看见诗戈学校的球队已经输定，两人都不想看到比赛结束，就提议一起去印第安保留区里的赌场喝酒解闷。

贾斯汀把柴油奔驰车开得很野，看见诗戈有点不自在才慢下来。赌场外面停的都是豪车，最不济都是白色尼桑MAXIMA。里面尽是被老公们抛弃的富婆，有的比河马还胖。坐在那里消磨生命；眼睛直勾勾，半天才下一个注。贾斯汀玩了两轮角子机，运气不佳，就不玩下去了。

两人找个桌子，对面坐下来，要了一扎啤酒。贾斯汀说起自己的故事。他出生于西西里，在纽约意大利区长大。后来在核潜艇上当兵，一只耳朵搞聋了。现在做向拉美国家输出二手医疗器械的生意。他这么一说，诗戈这才注意到他长相气质都有点像德尼罗。也明白了为什么他听人说话是头是偏的，不过这个姿势也很有男人味。

“我知道你看见那个孩子无辜挨打不好受。”贾斯汀担心对方对自己的背景有顾虑，所以开始开导诗戈。这个社会肮脏透顶，充满了不公，压迫，逼得贫弱的人们加入黑帮寻求保护和正义。

“人总要被吓到，才开始意识到这世界不安全，自己也不勇敢，就知道害怕了，想学着保护自己。那才是个开头。很多人一辈子就只开了这么个头。”他说自己最大的问题就是怀旧，偏偏记性又太好。这个城市很多街区几次改建前的样式都记得一清二楚，还有那些故事，人物。更不用提纽约，还有美丽的故乡西西里了。

“想回也回不去。要打点的亲戚朋友太多，钱不够。再说，也不会觉得那么亲近了。不过反正人生永远只能向前看，不可能回到过去。只有接受，欣赏变化的人才能真正享受生活。”

听到这里，诗戈想起了博士后老张。这个时刻，他也许带着孩子正在教会里参加活动。

过了两天贾斯汀也不见了。一起不见的是客厅的电视和放像机。警察说他住进来时写给凯蒂的社会保险号码等全是假的。凯蒂除了后怕之外，倒没啥好伤心的：贾斯汀交的押金超过他偷走的物品所值，而且她早给这房子买了房客偷盗保险。

去西礁的路上，诗戈把老掉牙的福特车开到六十迈，紧跟在西蒙和奥利弗的红色马自达后面。颍君和伟杰静静地坐在旁边的座位上。三人都很少说话，车子的音响先放的是颍君拿来的带子，诗戈觉得耳熟，但是能叫上名的只有电影《秋日传奇》的主题曲。之后又开始放车里原来的《红唇族》：年少时候，谁没有梦。

颍君和伟杰看着公路两侧的风景。清晨过后的上午时分，天青云淡。公路两边，是半岛南部的无边沃野。偶尔有几片庄稼，稀疏的树木小屋；也间或有大群小群的牛只，褐黄或者驳杂，在绿草地上什么都不干，悠闲地打发时光。远处浮现一朵暗淡的蘑菇云，下面飘着雨帘，在蓝色晴空中好像一个大水母。

等到带子放过了，颍君开始和伟杰聊一些家乡的事情。不过聊得不多，很克制。可能是觉得诗戈作为外人听不明白会很尴尬。话题很快就转向对颍君未来工作的展望，还有伟杰自己的学业计划上去了。不过诗戈也知道他俩都是河南来的，那个单位大院职工里大多数都是上海支援内地搬去的。

又开了一会，过了正午，换成伟杰驾驶。前方的地平线上，横加了一笔粗黑的线条，那是海边的红树林。很快地，两边的视线都被夹道的红树林挡住，他们已在半岛南端的海岸和沼泽之间行驶。伟杰是第一次走这个路线，开车却比诗戈老练自然得多，车厢里气氛也轻松下来。前面压路的一辆白色捷达挂着印第安纳州车牌，慢吞吞正好开限速四十五迈。诗戈开口说这些北方佬真老实。除了这些外地旅游者，本地的车，十有八九是本着毒品和女人去的。

超车之后，眼前是一座长桥，已经看不见红色马自达。伟杰猛踩油门，红树林忽地消失，两边现出波光粼粼，辽远无界的海面，仿佛开始奏响一首悠扬的乐曲。就像诗戈在教堂听的那些，能疗治人心的创伤。很久以来，他是第一次感受到风景的美丽，又禁不住对伟杰说："还是我来开吧。你好看风景。这条路我开过好几次了。"

"不用啊。"伟杰还是那么友善耐心，他的语调让人不想继续争执。

诗戈又沉默了。五彩斑斓的海水，散布着萋萋历历覆盖植被的礁岛；汽艇拖曳滑板上划水的人，留下长长的尾迹。

眨眼间过了长桥，一切又都被密密的红树林掩住。车子开上了一长串岛礁中的第一个，接近了西蒙和奥利弗。

诗戈问起后来雪莉夫妇怎么样了。颍君说没啥问题，俩人这几天好像安静了些。雪莉老公小伙子瘦瘦的，是偷渡来美国的。她现在不去比萨饼店里打工了，就不怎么见他们，不过晚上有时回家时也偶尔碰上这对儿年轻夫妇一起推着婴儿车散步。

到下一座桥时，又见海阔天空。晴光潋滟的水面上，大小白色游艇都挺立着骄傲的桅杆。红黄两色的飞艇和气球，在空中轻微摇摆，沐浴午后暖暖的残阳。大的岛礁上，公路两边是店铺人家，后面是矗立的棕榈，偶尔也看到浅水湾中捕虾人夕阳下勾曲的身影。

快到岛链尽头的小镇时，天已近黄昏，车和行人都多起来。奥利弗从窗里伸出手，示意要减速找停车位。

泊车后几个人就在熙熙攘攘的人群中，向岛南端移动。空气中烧烤的气味时有时无，萨尔萨乐歌声诉说着生活的醇厚，和歌者对它无比的眷恋。诗戈想也许老张的太太听了这种音乐，她的 7 岁女儿就不会失去母亲。

西蒙和奥利弗如数家珍地讲述路边每一座拉丁建筑的典故，那些耍把式卖艺的门道，他们也一一道来。诗戈和伟杰不懂也没有什么兴趣，颍君倒是和他们能聊得来。

奥利弗喜欢一个身材匀称，深色头发的红衣少女，眉毛和眼睛也是深色的，赤脚坐在台阶上弹奏一张六弦琴。这个不施脂粉的姑娘是诗戈生平见过的最漂亮的女性之一。她弹罢一曲，人们纷纷解囊。诗戈弯腰放钱时，她抬起头问：“你是日本人吗？你懂音乐吗？”

"我是中国人，自己不是很懂，觉得很好听很新奇而已"。

西蒙过来告诉诗戈那六弦琴是 TRES。她拿起钱罐，带他们走向十几米外的一群人。有个瞎眼干瘪的老人坐在那里，也弹着 TRES，听得出技艺比女郎纯熟。红衣女郎在老人身边坐下，满眼倾慕地望着他弹拨琴弦的手指，还有那双混浊的眼睛。一曲弹完，收到的钱要少得多，老人也看不见，只是微微点头称谢。女郎把自己刚收到的一罐子钞票地哗地倒进老人的钱罐里，收拾起两人的东西，搀扶着他走开了。

当他们都站在海边高台上的时刻，柔和的落日已在世界尽头，仍旧在云天中点染一片亮黄，在懒洋洋的海面撒下一道金光。半空浮渡的暗色云朵和人们同样心意，驻足成列，向她肃然注目，也披上一袭明丽光彩。大小岛礁竦峙在细波碎浪之中，象乱阵出发的舰队；还有点点轻帆划过，海鸥成群盘旋飞起，加入辉煌的仪式；世上一切的精灵、故事、歌语，仿佛都溶入这苍茫暮色，浩渺烟霞，被夕阳徐徐收敛而去，只留下一尘不染的天地舞台。

天黑了，文明苟延残喘。四人走上废弃的单道桥看人家钓鱼，它和来时的双道桥并列，有的地方据说是拍电影炸断了。这地方的水半咸不淡，现在正回潮，桥墩下面水声澹澹。一条一米多长浑身斑点的护士鲨，悬浮在水中，只有鳍和尾在卷动，好像一面旗帜。它对投去的饵无动于衷。

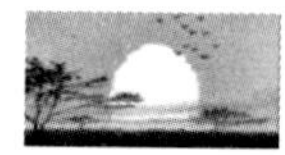


这时西蒙说他哥凯文的船快来了，大家就转去小小的木码头。

安伯尼是一艘单桅机帆船，不过很宽阔，帆没有张起来。比起高大英俊的弟弟，凯文个子矮一点，也比他老练成熟。他介绍船上的人互相认识，请大家放松，吃绿葡萄。

“我今年还去过上海两次。”他和诗戈、颍君聊了几句，又关照别人去了。这时候游船已经开足马力，把黑黢黢的岛礁甩在后面，向外海开驶去。海风吹动每个人头发和衣服。

亚当斯是凯文的中学同学。在罗德岛大学读海洋生物博士，和妹妹詹妮弗一起被老同学请来度假。他没有去加入船尾的一帮人，却和新认识的伙伴聊天儿。

“律师真是不得了挣大钱的职业，有钱就有女人，那两个穿比基尼的还是模特呢。”

“医生也是，可是你自己选的海洋生物。”西蒙笑着说，海洋生物比医学院还难考上；接着又笑说颍君读MBA，是下一个有钱人。

颍君告诉诗戈，凯文是那种专门找大公司毛病然后狠狠咬下一口的律师。他对中国很感兴趣，觉得是一片希望之地，充满机会。

刚刚在圣母大学读完一年级的詹妮弗一身清纯气息，她觉得今天见到的所有人都很新鲜，真是开了眼界。尤其是在颍君说话的时候，一直用仰慕的眼光盯着她看，仿佛要把每个字，包括说话的神态和语调都要铭记下来。詹妮弗数学很好，想学统计，但是明显地对东方异国风物也产生了浓厚的兴趣。她说大学里数理研究生助教有很多中国人，似乎中国人数学都很出色。

“不过科学研究是真正的事业，能带来成就感；现在的年轻人，学什么出来挣得多就学什么。”声如洪钟的哈瑞是个海事工程承包商，大概一米九高，至少一百五十公斤体重。身躯滚圆，颈项粗短，眼睛挤成缝。不知道是不是重心高不敢靠舷栏，大部分时间只是坐在小凳儿上。他拿着奖学金离开爱尔兰老家去美国德拉瓦大学读工程时，还不到十四岁，到成为神童博士，也刚满二十。

这时船在公海上离岸已经很远，依稀能看见出发处的灯光。“从十四岁离家，我走遍了世界，就是再没有踏上过欧洲的土地。”

“为什么?”诗戈又多问了。

“这个嘛，钱、时间、心情，各种原因吧；越往后念头就越淡了。”

暗夜里起了一层轻薄的雾气，再浓重起来，整个世界一片混沌，连天上的星斗也不见。没有了方向，好像发动机也停了，只有轻柔的水声，像从另一个世界诡异地飘来的呢喃细语。哈瑞支起了几根杆钓鱼。其他人都坐在甲板上，沉默或者低声交谈。

诗戈开口告诉颍君几天前爷爷中风死了，父母说既然没有来得及见上最后一面，也不用回去奔丧了：人死万事空；学业不能耽误了。

“你和爷爷亲吗?”她平视前方的迷茫，语调柔和而平静。

“七岁以前是爷爷奶奶带的。”

“外公外婆呢?”

“外公死得早，那会儿我还没上大学呢。外婆是我出国前不久去世的。”

船上只有哈瑞自己在钓鱼，可是在扔进冰盒之前，他还是习惯性地用小刀在鱼背上刻上两竖一横。看着挺大的红鲷在他巨大的肥手里攥着只露出头尾，诗戈觉得那鱼都认了，不用再想挣扎，鼓出的眼睛也有一种瞑目的感觉。

第二天是周日，包括伟杰和颍君的几个人午后都有安排。安伯尼驶回码头，不少人下了船。三个人连夜往回开。不到10分钟，诗戈困得眼里都是泪水。把音响放大也没用，只好把方向盘交给旁边的颍君，让伟杰坐到前排。自己在后排躺下。

到了后排，音响的声音一下子变小了。从车的后窗，看见的那一片小小的天空的星斗，一个都不认识。诗戈不想睡着，努力想自己学过的天文星座知识，自己的童年，爷爷奶奶，外公外婆；颍君的童年是什么样的？在校这么多年，自己从来没有真正关心过别人的过去。年轻人总是向前看，大学里大家来自五湖四海，但是很多同学似乎都觉得自己背景卑微，不值得讲述；想着想着，意识就越来越模糊了。

醒来坐起的时候，车外的天已经大亮了。驾驶座上的人不知何时换成了伟杰，而且已经快到了他家楼下。伟杰拿了包下车之后，诗戈接着开车。回到中国庭院的时候，已经是早上 10 点。

诗戈坚持要帮着把后备箱中没有喝完的饮料至少搬到颍君房间门口。进了红漆格窗门，却看见门口的台阶上坐着一位华人中年妇女。头和后背都靠着台阶旁边的墙，显出憔悴不堪的样子。颍君一眼认出是雪莉的妈妈玛丽。

玛丽站起来，中等个子，瘦削匀称的身材，穿着西裤和收腰的短袖衬衫；单眼皮，很有风韵，只是有一种非常操心劳作的感觉。她说自己在等房东来开楼上雪莉家的门。颍君叫她别在外面等了，和诗戈一起进屋来喝口水。

诗戈第一次进入女生的房间，觉得很整洁干净，和她给人的感觉一样。颍君去厨房用铁壶烧半壶热水的时候，玛丽接过诗戈递来的一瓶刚搬进来的可乐，长叹一声，开始尴尬地讲述自己的不幸：“你们说说，我们奋斗是为了什么，换来孩子这么对待我们！可怜天下父母心啊。”

雪莉一家都是北京来的移民。刚说要带她出国的时候，雪莉还觉得被周遭朋友羡慕。不过到了这边，开始觉得父母把自己从原先熟悉的环境抽出，让她失去根基，又没有能力把自己的男朋友担保过来。同时他们忙于生存，疏于关心孩子，而且偏心更乖、成绩更好的妹妹克丽丝托。她对父母的怨恨与日俱增。

大女儿上大学，是异乡移民奋斗历程的一个重要日子。没想到雪莉报到后不久，就取出父母担保的全部贷款不知去向。两口子只好一边担惊受怕希望她没事，一边努力偿还贷款。

过了快四年，雪莉突然回到家里，大哭了一场。她和一个福建来的留学生同居，把钱花光，现在人家毕业回国继承家业了。她一个人被丢在这里，走投无路。只好又回来投靠父母。

两口子搂着大了不少的女儿，说回家就好。大学就不上了，正好他们去北边奥兰多又开了一个店，那边学校好，两口子和克丽丝托都搬过去了，这边的老店就留给雪莉打理。

“我们手把手教她怎么经营，连这里楼上住的房子都先给她租好，图个方便安全。”玛丽哭诉说。雪莉很快又找了男友，结婚，还让她们抱上了孙子，似乎一切都走上正轨。

但是前一段时间又出了矛盾：雪莉说自己已经成家立业，要求把店转到自己名下。父母商量了一下，没有同意；跟她说现在你还不成熟，不要着急；都是一家人，克丽丝托是要走读书就业的路，店以后反正还不都是你的。雪莉听了就不闹了。

前几天，两口子接到其他连锁店的同行朋友电话来问：你们店这么好位置怎么不做了？与其处理家具，干吗不直接把整个店出让给连锁店的同行。打电话到店里家里找雪莉都没有人接。再找朋友和供应商调查，才知道雪莉以总经理的名义订了很多东西，全部折价卖给其他店面，换得现金。

玛丽心急火燎地坐“灰狗”下来，刚刚去了店里看了；黑灯瞎火，除了一个坏掉的冰箱，什么都没有了。这间中国庭院的屋子还是以玛丽夫妇名义租下的，雪莉已经欠了一个多月房租，把门锁上走了，不知去向。

“你们以后才会明白，生儿育女有多不容易！”

诗戈和颍君对看了一眼，都有点不好意思。

# 第三章
# 2000·虎港·东南亚

34 岁的萨拉被食品公司派来这个东南亚的热带城市国家，负责地区的生意，刚刚开始工作不久。从小就随父母从香港移民到加拿大的她，对新环境很不适应。一切的情况都和设想的不同，交流沟通不灵，工作处处不顺心。只有一个客户，29 岁的锡克小伙子萨巴尔，对她一见倾心，非常殷勤照顾。

萨巴尔个子高高瘦瘦，是个浓眉大眼，和蔼可亲的大帅哥，只是脸上皮肤有点粗糙。萨拉心里并没有把这个比自己年轻好几岁的追求者当回事，不过也不介意偶尔来到他沿河步行街的酒吧里，坐下来，望着窗外的粼粼波光，泛舟其上的游客，喝酒散心。

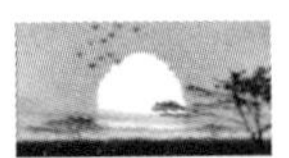

也就是在这里她认识了在附近商业区上班的颍君。虽然行业不同，两人都是从北美被公司外派这里的单身职业女性，很聊得来。不过萨拉刚来，颍君却要回亚特兰大的公司总部了。

诗戈也没有比萨拉早来多久。颍君的周末送别聚会就是在萨巴尔这个苏格兰风格的酒吧里举行的。诗戈穿上一身蓝底红花的女人连衣裙，碰杯，投飞镖；自觉有点招摇和疲惫，就找个角落自己坐下来。颍君拉着萨拉来到诗戈面前，给两人做了介绍。

诗戈觉得颍君的头发比以前剪得短了一些。萨拉的状态不算好，鹅蛋形的脸似乎是浮肿的，神情羞涩，微笑的时候嘴巴略有一点不对称。两人只是简单打了个招呼。诗戈说很高兴本地又多一名美女，同时递给她一张名片。萨拉说话低音重，有点像男声。她收起名片看看就走开了，合身的牛仔裤凸显着肩宽腰细腿长的身材。诗戈坐在那里，喝下一口可乐，感觉萨巴尔的眼睛一直在关注着这一幕。

到了晚饭的时候，颍君又带过来一对夫妇介绍给诗戈。身材瘦小，穿着白衬衫，有着典型南方人方脸大眼睛的昊明也是颍君国内大学的校友，小燕则是大学老师的女儿。颍君向她俩介绍说诗戈是自己在美国留学时的好友，现在刚来此地不久，请他们多多关照。

“我周末加班刚完事，马上和小燕赶过来的。”昊明很友善热情。当诗戈问起工作负担何以如此之重的时候，他倒显出很困惑的样子，说这里都是这样的。诗戈知道自己又犯傻了。工作忙不是老板看重自己，有前景的好事么？

他觉得颍君在这里很受欢迎，朋友很多，应酬也很忙。自己没什么机会和她好好聊聊，所以之后不久就告辞了。

回到自己租住的组屋房间，已经是夜里。不想碰上女房东朱莉从厨房出来，请他一起尝尝刚蒸好的一锅螃蟹，另外想把早上的事情澄清一下。朱莉也是个三十多岁的女人，做销售。压力大，生活不规律，发胖又浮肿。性格也是喜怒无常。心情好的时候会做了个汤什么的端过来让诗戈也尝尝。坏的时候就无理取闹。

这天早上诗戈起床推门出来，看见客厅里有个男人，盯着他看了一眼。他个子不高，却很精干结实，古铜色的皮肤。看到诗戈有点摸不到头脑，对方主动说自己是朱莉的老公，不过早就离婚了。他是个海员，一出海就是几个月，这几个星期在家里休整，回来看看前妻。

“住在这里怎么样？”

“还好，其实很少见到朱莉：她好像经常回家很晚，而且总是关起门待在自己屋里，很少做饭，也不待在客厅里。不过有的时候不太讲理，脾气急，调门高，还好都是小事。”

朱莉的老公禁不住笑了，说她就是这样，你是读书人有涵养。

朱莉明白告诉诗戈其实自己是为了母猫的事情，找了老公来揍诗戈的。但是老公回来后叫她别无理取闹了。诗戈这才想起一个星期前的事情：因为这里是穷人区，周围有很多缅甸人，养了很多猫，朱莉恨得直咬牙，成天跟人家骂仗，人家都躲着她。一个星期以前，她把一窝小猫都扔进附近的河里，害得母猫哀叫寻找一夜，她还用雨伞使劲去戳。四五岁的儿子正好也在，吓得直哭。诗戈说你再不停止戳母猫我就叫警察了。朱莉听了又哭又叫，说诗戈欺负她一个单身女人。

“你对我老公说了我什么坏话，让他不相信我？”

“没有。只是说你工作压力大，有时候情绪不稳定。”诗戈接着说：“我从没有想对你不利；说叫警察来制止你，也是为了你和儿子好，你儿子当时不是在哭吗。”

“那是被你吓哭的！”

诗戈没有直接回答低头分解着朱莉的螃蟹：“你厨艺不错啊。”

朱莉的眼泪都流出来，哭着说自己的问题可能是遗传：自己的父母就是因为脾气大最后离婚的；老公的父母也是一样。和老公因为两人脾气坏离婚之后，她看着自己的儿子就糟心；也不敢给孩子的祖父母带，只能交给其他亲戚。工作忙是一回事，但主要是因为怕受这些坏脾气人的影响。就是她自己一个星期也只敢和孩子待四个小时，再长就保不住不发脾气。她又想，又气，常常觉得像自己这样的人，是不是就该自己凑合过一辈子完事，根本不应该生孩子。

“也许你合适早九晚五的工作，精神压力小点。”

“哪里有那么多办公室工作，而且我作过都因为脾气不好被解职了，再也没人要了。”

“你应该有很多兄弟姐妹吧，他们怎么样呢？”诗戈问道。

说到这里，朱莉知道自己的遗传说法也不是那么站得住脚。她记得小时候，大哥就是典型的长子人格：懂事、低调、吃苦负重、聪明、读书好、正直，总是照顾引领弟妹们。她奶奶最喜欢这个长孙，觉得家庭的一切希望都在他身上。可惜后来他一次离家后就再也没有回来，只是来过一封信，也被警察来家里和其他的很多红色书籍一起搜走了。

奶奶一直等着长孙有一天能回来，到死都不能瞑目。但是全家其他人都觉得大哥肯定是在武装斗争中阵亡或者病死什么的去世了。现在他们的事业早已破灭，大哥那么重家庭的人，如果还在人世，怎么会不回来看奶奶和大家

呢？如果他在，也许父母都不会离婚。

朱莉也不是很懂大哥的事。上了岁数的人，有的说是革命和理想带走了这里最优秀的孩子们；也有的说，他们的理想就是为了让大家不要陷入现在的这种无望的生活。

就在楼下巴刹里，就能看见上了岁数的人，穿着背心，拖鞋，吊到膝盖的摸鱼裤，露出两只干瘪黄黑的小腿，其中一只腿叠回来，把脚塞在屁股下面，一起搁在凳子上。小桌上一瓶啤酒，一碟鸡饭，灯光下，看着流浪猫跳到垃圾箱上翻弄被丢弃的食物，一直等到最后一个食摊打烊。

男人的寂寞无非如此。如果是女性，就只有待在屋里；烦躁不安的时候，猛地抄起拖鞋，把慌张逃窜的肥大蟑螂一下子拍死在水泥地上。

吃完螃蟹，诗戈努力洗掉手指上的味道。他想起刚到公司上班不到一周，就碰上隔壁部门一个叫玲玲的上海来的女同事辞职，要移民去澳大利亚。食堂吃午饭的时候，诗戈正好和她们几个坐在一起。玲玲说起自己刚来这里的第一份工作，是在一家贸易公司。公司老板是个上岁数的本地人，因为她说了几句过分的话，立刻让她结算工资走人。从经济收入和身份保持上，都搞得她狼狈不堪。幸亏朋友帮忙介绍很快找到另一个工作，才立住脚。

“当时真是没想到你们这里人观念是这样。”玲玲对旁边的本地同事们说。诗戈觉得对她的说法，在座的男士

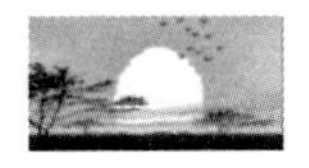


似乎大多心里都有保留，只是嘴上附和。上海人虽然崇洋风气重，但是他们其实最不容易理解外国人心思。

玲玲她们部门先来吃饭的人就一起走了。桌子上只剩下诗戈和本地华人同事凯文。凯文是从基层苦干爬上来的，也是白胖浮肿的样子，戴个眼镜，眯缝着眼睛，平时开会也很少说话，不过很受他老板信任。他看了诗戈一下，揣摩对方的心理、价值和倾向，然后轻声试探着说："我们这里经济繁荣，她不是也不愿意待下去，马上要走掉吗。"

"为什么要移民澳洲，这里经济繁荣不是很好吗?"诗戈不明就里。

"你们外人初来乍到，只看见光鲜亮丽的高楼大厦，看不到这个世道里普通人的挣扎"凯文回答说。

"比如吧，某天上午，老板看看表都10点了，皱起眉头说，凯文今天这是怎么了，连个招呼也没打；他跟我这么久，从来没有迟到过一天。这个时候，我已经是医院走廊里一具冰冷的尸体了。这就是这里典型的人生结局。"

诗戈觉得这些人，出租车司机、朱莉、凯文，已经是他碰上的不错的人了：挺有人情味，愿意跟他讲讲心里话。除此之外，这个亚洲的，以华人为主的城市，让他感觉到难以置信的陌生和冷漠。尤其是华人女性，用蹩脚英语，抓住一些机会表现自己的虚荣、骄傲和对中国以及其他亚洲人的蔑视。找房子的时候就有很多主妇明白表示不租给中国大陆人。他想起以前一个叫奥利弗的英国人说过的对美国的感受：一开始觉得真是怎么也想不通，后来明白这里很多人都是疯子，心里就豁然开朗了，生活也就变得有滋有味。

§2

第二天昊明就热情地打电话到诗戈的办公室，说小燕想请他下班后来家里吃晚饭。

下了公交车站，就看见昊明等在那里。诗戈跟着他，转过几座组屋，上了楼。小燕来开门的时候，诗戈就看见她背后的客厅里，已经准备好的一小桌饭菜。

这间组屋装修很陈旧，无论主妇怎么勤快，也不免给人一种肮脏阴暗的感觉。

饭菜并不可口，一开始诗戈把对方夫妇当作老乡同胞，亲切得连客套话都忘了说。

昊明在国内工作过一段时间，来这里已经一年多了，也是做技术的。他和颍君在学校并不熟。

“她们这种学商的人脉广，组织能力强。和我们做技术的不是一个类型。”昊明说。

诗戈问起他们觉得这里到底如何，以及之后的打算。昊明回答说觉得挺好，只要有能力，努力奋斗，未来就有希望。小燕也附和着。她现在常跟教堂的人努力学英语。又顺便说起这间三室一厅的组屋除了屋主遵照法律封闭起来的一间，还有一间卧室他们可以作为二房东转租出去，

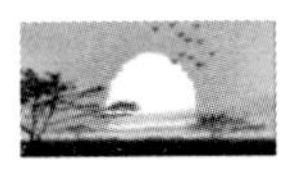


如果诗戈愿意可以住进来，大家分摊房租，生活成本可以降低一些。

这时候听见电话铃响了，昊明说肯定是老板打来的，叫诗戈和小燕接着吃、聊。自己拿着电话机走进卧室，关上门。

诗戈觉得自己和他们也不是一个类型。昊明的眼神很成熟、稳重，但是给人一种不得不如此的感觉。经历过挫折打击，只要有一点希望，他就全心全意认同这个新环境，新体系；兢兢业业地付出，稳固地位，争取上升；这个心态写在脸上，一览无余。老板当然喜欢用这样的人，但是作为个人未免有点丧失自我。

小燕给他的感觉也很怪。一个身材五官相当不错的女人，却透着苦兮兮的俗气。明明觉得环境很艰苦委屈，却用什么夫妇共同吃苦奋斗就会苦尽甘来的道理来骗自己。这种自我激励透着勉强，不是那种发自内心的处之若素的感觉。诗戈没见过这样的大学老师千金。一再表示感谢后，他就告辞离开了。

出来之后，他觉得时间还早，可以逛逛，所以没有按原路走回公交车站，而是向另一面的覆盖着浓密热带植被的丛林里走去。虽然天已经擦黑，借着背后楼层高处的灯光，还是能看到草丛中被人踩出的一人宽的小径，深入丛林；丛林里面是一条铁道；穿过铁道，小径又出现了，引

领他进入另一边的更浓密的丛林。

诗戈的眼睛已经适应了月光下的环境；他用手拨开横在眼前的枝叶，看见丛林中有几个人影围成一圈，似乎正在完成什么仪式。那几个人看见他也吃了一惊。有一个人还打开了手电，用华语问他来这里干什么。

听到诗戈说自己是路过的外国人，一个比较年轻的人不耐烦地说那你走开算了，不要在这里碍事。诗戈一边走，一边听到他对其他人说，现在的华人连大伯公都不知道。

向前走了一小段，眼前豁然展现一片被黑黢黢草丛和树林交错覆盖的沟壑起伏的区域；零落散布的树丛中似有一些别墅人家，露出些许灯光，有的还勉强照亮前面柏油覆盖的马路。

有一处大沟边上丛林后的屋舍似乎特别亮一些，还隐约传出交谈的人声。诗戈走过去，渐渐看到这个大半被热带蕉丛遮掩的废旧小仓库一样的破败棚子，原来是一处酒吧。

走到近处，看见破破烂烂的“帝国酒吧”招牌下面，涂了蓝漆的竖直木条墙上的壁灯还亮着，照亮了乱七八糟地贴在墙上的一些大小不一的告示条；木墙门前的棚子下面，几张桌子边还有客人在喝酒聊天。基本上都是白人；似乎只有最外边一张桌子，两个金发的中年女人对面，坐着一个皮肤发黑，留着八字胡的中年印度男人。他的浓眉展开，显出很友善的样子。

诗戈向中年印度男人走过去，打了招呼，问这里是开放的酒吧，还是私人会所。对方扬起浓眉，惊讶地笑着问："当然是开放的，你怎么会想到是私人会所？"

"这里太偏僻了，像是个被遗弃的地方。怎么招徕顾客？而且清一色的红毛。"诗戈感受到这里随意而非正式的气氛，脱口说出了本地人对白人的称呼。对面两位妇女的微笑，表明了她们丝毫也不反感。

"都是红毛？我也是一个红毛吗？你看我白吗？"中年印度男人夸张地卷起袖子，露出多毛黝黑的左上臂。

"另外，我们都是被遗弃的人。所以这个地方适合我们。"对面两位金发女性中的戴着眼镜的那个微笑着，用纯正的北英格兰工业区英语说道。她自我介绍说叫弗罗伦丝，在灯光下看起来发色稍深，脸型古典端庄；旁边那个长发，脸庞细长的是艾薇拉；两人都是这里的中学英语教师。至于她们对面的印度绅士，则是个本地富商，名字叫巴努。

弗罗伦丝和诗戈互相自我介绍的时候，巴努已经站起身，向酒吧门口走去。到了门口，他面向里面喊了一声"陈先生，一只酒杯"，然后就转身走回来坐下。

端着只有一个酒杯的盘子出来的陈先生，是个似乎将近 50 岁的瘦小男人，脸上肌肉非常僵硬，没有一丝笑容。巴努从啤酒扎里倒了满满一杯，递给诗戈。诗戈知道这里啤酒税很高，有点受宠若惊。

艾薇拉说话的语速很快，又有伦敦口音，诗戈听着有

些吃力。弗罗伦丝讲话却是字正腔圆，告诉他这一片原来是殖民地驻军的军营，因为毗邻边境，没有得到很好的开发。这个酒吧的最初是为驻军服务的，以前洗衣、裁缝、餐饮全包，历史源远流长，甚至可能是这个殖民地历史上第一个欧式酒吧。风风雨雨，很多年了。

“巴努是这里的老酒鬼，常客。只有他才能那么招呼陈先生。要是我们红毛去，肯定不理，说不定还要挨骂。”弗罗伦丝笑盈盈地看着巴努和诗戈说。原来为英军服务的就是老陈先生，多年前他去世后，独生女儿陈女士继承了这个家业。至于现在这个陈先生，是当初陈女士召的潮州来的入赘女婿。没人知道他本来姓什么，大家都叫他陈先生。陈先生显然是不喜欢这个工作，从来没有人看见他笑过。还经常虐待顾客。

“有点像你，太严肃。”艾薇拉冒失地说。

“那是因为你们这些英国美女从来不亲我们。”诗戈回答道。旁边的巴努似乎已经坐在这里喝了很久，本来有些迟钝了，低着头。听到这话后，爆发了一声大笑：“哈！快，去亲她们俩。每个都要亲。”

诗戈喝完杯中的啤酒，站起身来，绕过桌边，先吻了艾薇拉，接着是弗罗伦丝。然后告辞，问最近的公交车站往哪边走。

“你还会回来吗？”巴努问道。

“当然。”

在萨拉干净而又漂亮的公寓里，两个人在轻声交谈。

“这里能有个熟人很难得。你和 June 是什么关系？”萨拉的眼睛盯着诗戈。

“以前在一个学校读书。后来工作了还有电邮联系。她被公司派来这里待了一整年。知道我在美国那边不是很自在，建议不妨换个环境，也许可以找到自我。不过我刚来，她就要走了。”

“那你觉得到目前为止，这里怎么样呢？”

“还好吧，每个地方都不一样，努力适应呗。这里有你这样的美女，不是很好么。”

萨拉不再追问了，开始依偎在诗戈身旁，讲自己的故事。

她很小的时候，就和兄弟姐妹一起跟着父母从香港移

民到了加拿大阿尔伯塔省一个偏僻的小镇。

“几乎没有别的华人家庭。其他孩子都欺负我们。我被逼急了，曾经揪住最恶劣的那个孩子的头发，把他的头按到马桶里，用水冲。”这下把别人吓坏了，就不敢再欺负她。

到了成年，她不再觉得暴力是有益的东西。这个社会不再是那么陌生和敌意，她知道自己虽然读书一般，但是很有情商和魅力，可以在社会里游刃有余，奋斗上升。

但是她妹妹就没有这个经历，还是香港中产家庭一个乖乖女的心态。只是读书好，不机灵，不会积极推销自己，在这个新的国家，谁又能知道你聪明有能力呢。结果根本没有机会发展，只有酸楚和抱怨。

可能是看到诗戈对商业和个人事业发展这些东西缺乏兴趣，萨拉把话题转到其他方面。她很喜欢伦敦的文化氛围，有时间就去那里住一段。现在心情不好，就更想去度假。奶奶是英国人，所以实际上她有1/4的英国血统。不过从文化上，她是百分之百的以华人自居，觉得世界华人的精神家园，就一定是北京了。她向往帝都厚重的历史传统文化；反正是有钱，以后随时可以在北京买房安家。

诗戈心里想着，没有听到她说过哪怕是一句华语，在北京能有什么意思。萨拉看他没有搭腔。又谈起科学、文学和幻想。她小时候也写过科幻小说，喜欢画画。

“你这么有魅力，一定有很多追求者。”诗戈觉得她善于展现自己真诚、单纯和脆弱的一面，楚楚动人。

萨拉微笑了。她开始讲起自己被各色男子追求的种种故事。

但是说着说着，不知怎么，味道就变了。父亲把一家人在加拿大安顿好后，自己要经常回去香港。然后就是孩子们先于母亲发觉了父亲对她的不忠。在母亲崩溃之前，孩子们对婚姻家庭的信念就粉碎了。到目前为止兄弟姐妹还没有一个人成立家庭。

萨拉自己在香港本来有男友，在结婚前去世了。从此后她再也没有安全感。

“你比我小 5 岁，也不会给我带来安全感。等你事业有成，我就老了。”

听了这话，诗戈感到有些不耐烦。不过还是把萨拉又抱得紧了一些。

“今天不好。等下次吧。我需要准备一些红酒。”萨拉说。

这天夜里，颖君乘坐的回美国的航班，正飞行在浩瀚无垠的太平洋上。

上班的时候，诗戈一直用很多精力观察和琢磨同事。因为是国际公司，依靠全球市场，专利壁垒带来的利润空间，日子比本地的血汗工厂宽松一些。除了一个小圈子里的人搞政治，争表现，往上爬以外，大部分人都是混日子，表面是在工作，其实脑子里都是其他东西，甚至到了神情恍惚的地步。

在公司时间呆得稍微长点的大都是女的。而且一般都是她们的第二个工作。刚出校门，大家都是天真无邪；进入残忍肮脏无情的商业机构后，立刻被粗暴蹂躏一番。进入这个环境稍好一点的地方，又有了一些职场生存经验，不往上爬就没有那么多黑枪，可以在劫后余生的崩溃状态中修养恢复。需要几年时间，找老公，生孩子，炒股票什么的。有前途的全在钩心斗角，拉帮结派，研究马屁艺术，没有谁特别把具体工作放在心上；只要大面上撑得住，不出大娄子，一般在数据上搞点手脚就行。反正公司的事情都是很多部门合作的，总有办法把功劳说成自己的，把责任推给别人。下面的生产线上的工人，都是外来客工。上海、浙江、福建这些地方的高中生，或者马来西亚各处的人。领班、工头，一般是本地人或者资历较深，教育程度较高的外地人。

进公司报到的第一天，负责带领他熟悉环境，完成基础技术培训的是一个叫玛丽的印度族女人。个子很高，身材匀称挺拔，也不失丰润。脸上的皮肤黑得发亮，和深色衣服以及鲜红发亮的手脚指甲油搭配得很好。关键是一双溜溜，略微凸出的大黑眼珠也放着亮光。

这天午饭的时候玛丽带着一身香水味道，坐到诗戈对面，问他来了几个星期，觉得公司怎么样。诗戈正想请她

喝个茶什么的，请教一下办公室生存之道。玛丽眨了带着夸张睫毛的眼睛，说今天下班就好。

下午诗戈看自己的私人电邮信箱，里面居然有一封电邮是父母托他们单位的年轻人发来的，说慧明也在这边大学里当老师，还给了他的电话号码。诗戈脑海里不禁浮现一个瘦弱白净戴着眼镜说话细声细气的书生形象。

慧明是诗戈父亲大学同学的孩子，比诗戈大 3 岁。他父亲毕业分配在贵州当专科学校老师，母亲身体不好，家境贫寒；但是自己读书争气，考到了北大。他读博士的时候，同学女友分配到北大附中教书。两个人在这个偌大的城市里没有根基，经济上也很艰苦；身体不好，又不会照顾自己，脸色总是惨白。诗戈父母经常让慧明来家里吃饭，走的时候总是给他一大包吃的带走。慧明的女友拼命代课挣钱，有一次还累得胃出血住院了。

晚上，在公司附近不远的小咖啡店里，玛丽讲了一些公司的典故和帮派圈子之类的。诗戈觉得似乎不是很深入，说明她平时心不在这上面。果然没过多久玛丽突然转了话题，怪诗戈居然等到现在才约她，自己已经很久没有做爱了。她以前的男友是一个乐师，钻研过印度《爱经》，把她也调教成床上专家，两人每次都能达到无上高潮。后来那个男的说自己得了什么绝症，不想让人看见自己最后难看的样子；要去日本找个清静的地方，一个人优美的死去。然后就没影了。

诗戈突然想起台湾有个什么女作家的，声称自己男友

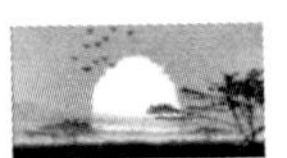

是个潜水员。好像也是这样。玩腻了，或者说觉醒了，赶紧冒个泡泡溜走，留下她成天写些胡说八道的故事。当然整个故事可能全都是臆想出来的。某女看见一个有神秘气质的人，受到吸引，试图交往未成；或者仅有初步小成未被拒绝，随后被对方发现是个丑人作怪的东施，吓跑了。如此而已。

玛丽是在马来西亚怡宝长大的，从小就向往西方文明，努力模仿正宗英语口音，和洋人喜欢的性感打扮，发誓要把自己嫁过去。她伸出自己的胳膊给诗戈看：“有一个时期我曾经拼命洗自己的胳膊，幻想要把肤色洗白。都洗出血来。”这已经是诗戈第二次碰上有人在自己面前撸起袖子拿肤色说事。

工人里喜欢她的不少，但是她看不上，要等着攀高枝，等着等着就到了岁数需要保密的年纪。诗戈说自己也就是一个普通技术人员，自投简历找的工作，提着一个旅行箱飞过来自己找房子租，并非通过猎头高薪聘请挖来的外国高级技术专家管理人员那种。收入也就是比工人高一些而已。

周六下午，诗戈再次回到帝国酒吧，才得以在阳光下清楚地端详这个地方，茂盛的自然使得建筑显得比黑夜里更加凄凉。在屋外的桌子边上，又看见巴努和弗罗伦丝坐在那里，不同的是身边又多好几个男人。

看见诗戈，巴努非常高兴，老远就挥着手向他致意，并且拉过旁边桌子的一张空椅子放到自己身边，示意诗戈坐下。这一次桌子上还有空杯子，巴努给诗戈倒了满满一杯啤酒，把啤酒扎都倒空了；然后把他向在座各位做了介绍。中等稍高，头发一丝不乱的鲍里斯是个五十岁左右的俄罗斯人，没有丝毫发福。他的英语很熟练，听口音不是任何一个英语国家的，但是又不知道是哪里的，应该就是所谓“欧洲国际英语”吧。

两个个子高高的男士都是英国人。帕特里克稍胖，是个老师，喝得已经很醉了，有点迟钝。克拉克是个建筑承包商，很瘦，面上肤色有点发红，眼窝深，眼睛有点突出。

诗戈觉得英国人多少都有点冷漠，又加上把他当作美国华人那种感觉。鲍里斯却一眼看出他就是一个简简单单的中国人而已，格外热情。

“你觉得我们怎么样？”他微笑着伸着头问，虽然是微笑，但是笑纹很深。

“很靠谱。”诗戈一本正经地回答。

“什么意思？我们很靠谱？”

“是的。上次我来这里，弗罗伦丝说来这里总是可以看到巴努在喝酒。这次来，果然不错。”

“这是巴努唯一靠谱的地方！”大家一起笑了。

这时候，从酒吧门里走过来一个女子。大概五十岁的样子，穿着浅色衣裙；消瘦，略微驼背，烫发，脸上皮肤

细白有皱，优雅和蔼。拿走空啤酒扎的时候，她又轻声问了还要加几扎。

“这就是陈女士吧？很有风采啊。”看到她转身悄无声息地走回门里，诗戈轻声问了一句，然后就觉得有几秒钟的时间在座的人都在看着他。

“太便宜陈先生了，是吧。又是美女又是家产。”鲍里斯第一个开口，他的微笑接近于坏笑了。

“别眼馋，你会得到更好的。”巴努倒是没有笑。

“就像她一样吗？”诗戈转向在座的唯一女性弗罗伦丝。

弗罗伦丝有点害羞，抿嘴笑着说：“我可没有一个好爸爸。”

这个时候鲍里斯看看腕上的手表，说自己晚上还有一个饭局，起身亲了弗罗伦丝一下后就走了。

看着鲍里斯的车开走，克拉克半开玩笑地对诗戈说：“你知道吗，鲍里斯实际上是一个克格勃。”

“真的啊。太好了，我正要向他学怎么搞女人。”

“哈，只要记住别被人家搞了就好。”巴努说。

“你需要的不过是权力和金钱。”帕特里克也突然插了一句。

弗罗伦丝一本正经地纠正说鲍里斯可不是什么克格勃。他从莫斯科大学毕业后，被以塔斯社高级人员之类的身份派驻过欧洲北非亚洲等很多国家，着意培养。后来被苏共任命为什么州委书记的时候，比前总书记戈尔巴乔夫

升到这个级别时的岁数还年轻。而这种职位就是进入中央视野飞黄腾达的重要起点。

不过后来他在政治斗争中失势，现在沦落到这里做生意。东南亚的电子产品，要出口到俄罗斯，都需要许可证。他就有资格给人家发许可证。

快到晚上的时候，又来了几个巴努的朋友，也是“帝国酒吧”的常客。其中一个是本地大学历史教授，叫诺顿，是新西兰人。他像个很典型的淳朴的澳大利亚或者新西兰那边的乡村男子，个子不高，丝毫没有发胖；肤色健康，胡子刮得很干净，神色平和宁静，内向。诺顿对诗戈说：“这里保留下来的属于过去的安静而美好的地方不多了，别到处跟本地人人讲这个地方。”

“这听上去像个种族主义者的说法。”诗戈脱口而出。

“我是一个种族主义者吗?”诺顿的语气和表情都很安宁，似乎还有一点微笑的感觉。这样的风度让诗戈有点后悔自己说话不过脑子，赶忙打圆场说：“那你只能甘心当一个种族主义的受害者。”

诺顿笑了。旁边的巴努插话说：“他就是。他老婆莉娜没来，你见了就知道了。”

看到诗戈摸不着头脑，诺顿又笑着自己解释说他妻子是个锡克人：“其实你说对了，我是种族主义者，对白种女人怀有偏见。”

不过巴努还是觉得不应该试图封闭这个地方。他说这

群人每个周日都会在这个酒吧旁边的草地上打排球，欢迎诗戈参加，也可以带朋友来。

诗戈在酒吧待到挺晚才回家。回家的路上，看到旁边的组屋楼下很是热闹，似乎有一个什么聚餐活动，不过好像已经结束。人群正在散去，有的在打包剩下的食物，有的就站在那里聊天。从服装和外貌来看，都是马来人。唯一的例外，是三位站在一起的二十多岁的女子中，中间稍矮的那个明显是个印度人，梳着短发。

既然已经有外人，他就不算独一无二，因而自在地和她们三个人聊起来。印度女子叫瑞奴卡；两个马来姑娘，肤色稍白的是蒂娜，另一个皮肤偏棕色的是西蒂。

蒂娜和西蒂告诉他这是马来人在开斋节前的聚餐。她俩给他拿了一个纸盘子，选了一些正在被打包的马来食物。诗戈赞扬食物可口，更赞美她们的善良和甜美。瑞奴卡比较保守些，蒂娜和西蒂听了很受用，眼中流露渴望的光芒。

等诗戈吃完盘子里的食物，她俩带着四个人一起散步。走到楼角种着蕉树的僻静之处，两人就贴近过来。目光对视，诗戈感到一种默契和急不可耐的期待，搂着蒂娜和西蒂亲吻起来。西蒂还激动地抓着他的手，放到自己的咪咪上。

瑞奴卡在一边尴尬地看着。

# 第四章
# 2001 · 虎港 · 东南亚

第二天诗戈并没有去帝国酒吧打排球。他知道奶奶身体不好。自从出国开始，这么多年都没有回去看望过她。现在回到亚洲，距离近了，就请了一个星期的假回去看看。

动身之前，诗戈给慧明打了个电话，想问他有没有什么东西要带回国内。那个熟悉的细声细气的声音，让他想起自己国内大学时光。

诗戈的印象里慧明一点家乡方言都不会说。和地域差别相比，似乎入学时间的三年间隔才是一个巨大的壕沟。从慧明身上似乎可以瞥见另一个时代：大学生们物质上一无所有，仍然自觉天之骄子，满座英豪，白色衣冠胜雪的

那种感觉。但是另一方面，却要无奈酸楚地面临一个日益庸俗市侩化的社会现实，而诗戈他们这代人也许就是这个现实的一部分。慧明时常表现出对母校的自豪，说诗戈的学校比起来就差远了；看到对方对此麻木不仁，不置可否，却从来没有试图继续影响他。同是北大学生，也许出国后被严酷社会震撼的凌云才是两个时代的桥梁。

在大学教师住宅区走过几座楼，才到了慧明家所在的E座。诗戈觉得这个空间宽敞舒适的公寓，比起自己的住处真有天壤之别。慧明声音没变，人有点发胖了，头发变得稀疏。他不无得意地说在这个大学教师住宅区，自己这个公寓是属于较高等的一类。分配什么样的公寓，显示了背后靠山的地位。慧明在北大博士毕业后，去了香港作博士后。他导师地位很高，介绍他过来，这边不敢怠慢。他感叹到处都需要自己，分身无术。总之，自己的价值终于得到承认，对低俗而扭曲的世界总算出了一口恶气。

突然地，诗戈觉得慧明一个人住的这个公寓开的灯太少，显得格外宽大而阴暗。他说不需要给国内带任何东西。诗戈也就没有问起他母亲还有以前那个女友的状况。

从国内回来后的一段时间，诗戈心情非常不好。下班后不回家，待在办公室上网。很少出去逛。颍君在电邮里询问他问回国感觉如何，新地方适应得怎么样，有没有顺利度过所谓的文化冲击。

待的时间越长，感觉冲击越厉害，这能是顺利度过文化冲击的表现？要在一代人之内急速完成的现代化进程，社会迅速变化的巨大张力，连本地人都被无情地撕咬吞噬，一个外乡人谈何适应？他这样想着，却懒于打字回复。

一星期后颍君又来了电邮，说最近要出差回来一趟，不过这次只有几天时间而已。

周五午饭之后，诗戈正在办公室里郁闷地写着技术报告。电话铃响起来，居然是颍君的声音：前天晚上就到了。你原来不是很喜欢打垒球吗，手套还在吗。明天下午四点后去大学球场靠公路一侧的草地上找我们。

下班后，诗戈想起自己有一段时间没有去帝国酒吧了。巴努、鲍里斯、艾薇拉和另一个个子不高的中年女性妮佳坐在那里。其他的客人也不多。诗戈奇怪周五的夜里为何这么冷清，原来就在一小时前的时候，一位女顾客刚

停好车出来，就被路边草丛里一条眼镜蛇咬了一口。一些客人跟着去了医院。还有的人走了。

这个时候的诗戈，已经可以从尖削的鼻子和脸型，看出妮佳也是个锡克人。妮佳和他见过的大多数锡克人一样，和蔼可亲。她给诗戈讲解锡克人的 **5K** 传统：蓄发、挽髻、插梳、戴臂镯、佩匕首。不过讲话的主语一会用"我们"，一会用"他们"，就像弗罗伦丝谈到英国人一样。

正在此时，从酒吧屋里走出来几个当地中年华人，其中大部分是妇女。她们和巴努相识，离开前过来和他打招呼。知道诗戈是中国来的，几位妇女就热情地问他对此地感觉如何；听到"真是个难得的好地方"这个超过期望的完美答案，她们十分受用，又寒暄几句就走了。

艾薇拉鄙夷地看着几个人的背影，对诗戈说："真同情你。你必须给暴发户们一个正确的回答。"

鲍里斯笑着讲起来自己知道的典故：这个国家是被迫独立的。当时的国父去莫斯科求援，被斯大林拒绝后，出来就在红场上放声大哭。从苏联到现在的俄罗斯一直没有在这个国家设大使，它太小不配。实际上，鲍里斯就是这里的影子大使。

作为本地人，巴努和妮佳并没有觉得受到冒犯。"华人是主体民族，所以优越感比较强。"妮佳解释道。鲍里斯打趣说巴努也是半个华人，就没有这种傲慢。

"真的吗？实在看不出来。哪一半是华人？"诗戈很

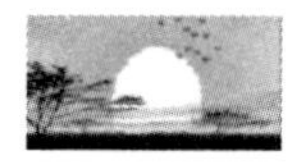


吃惊。

“下半身。从这里往下。”巴努拍拍自己的裤带。他妈妈确实是上海人，爸爸是斯里兰卡的泰米尔人。20世纪20年代，两人跟着各自的家庭远渡重洋，来到这个南洋城市，曾经在同一个商行做工而相识。后来两个家庭又都回到各自的故乡，只有这一对年轻人自己留下来在这里生根发芽，生育了很多子女，长成年的大概都有10个。巴努是最小的一个儿子，出生时母亲岁数都不小了。哥哥姐姐大多移民欧美，伦敦、米兰、波士顿，下一代遍布世界。

说起自己的家世时，巴努带着一种淡淡的忧伤。他的哥哥姐姐很多过了中年都去世了。他们吃的健康，没有发胖，注意运动，身体状况很年轻；但是癌症不管这些，带走了一个又一个生命。他自己去做异核细胞检查，结果也是数量比较多。也许上海和斯里兰卡人基因差距太大，或者个体因素也起了作用：他妈妈才一米四多一点，爸爸一米九。

几年前从上海还来过一个女士，找到巴努，说她管巴努的妈妈叫“Yee”。

“上海人怎么样?”巴努知道的中国唯一的地名就是上海。

“不怎么样。虚荣，看不起其他地方人。以前在中国，一个上海人能得到的最大夸奖就是你不像一个上海人。”

“虚荣怎么了？女人就是这样。我就是想要更多的物

质和崇拜。”艾薇拉插进来说。这个时候诗戈的开始注意到她一直有些不对劲。啤酒一杯接一杯，越来越快。

艾薇拉的外婆是个意大利妓女，和一个商人生下她妈妈。她妈妈觉得当妓女的女儿没啥前途，“二战”结束时就跟解放意大利的英军军官结婚，到了英国安家，在医院里找了个工作。

艾薇拉大学毕业要找公务员工作的时候，却被告知没有资格。理由是她父亲虽然是英军军官，却是个爱尔兰人，连带子女都只是二等公民。根据法律，家里只有满嘴米兰口音的母亲，作为英军军官的家属，享有完全的英国公民的权利。真是荒谬之极。

年轻的时候，她是那种跟着自己喜欢乐队旅行的女孩子。到现在成了“绝望主妇”。

“别人的老公都是跟年轻女人跑了，只有我老公为了一个比我大 10 岁的女人抛弃了我！现在我的物质生活水平也不得不降低了，看着自己那辆小破车就难受。”

说到最后，鲍里斯和妮佳都走了。艾薇拉完全醉了，就趴在桌子上，一头金发披散下来。酒吧里已经没有别的客人。陈先生也把酒吧门锁上走了。墙上的灯发出幽幽而惨淡的白光，照见一大一中两只壁虎，伏击盘旋飞舞的虫子。诗戈问巴努怎么办？

“可能要劳驾你把她扛回家，我们都走吧。”

诗戈把艾薇拉抱起来，扛在肩上，像猎人扛着一只鹿。艾薇拉并没有睡着，她用手无力地拍打诗戈的后背，嘴里咕囔着“我没有醉，放我下来。”但是声音微弱，口齿不清。

坐进了巴努的厢车，诗戈感到艾薇拉的头发披散在他脸上，散发着洗发香波的味道。她的舌头在舔自己耳朵下面的脖子。车子开动了，星光下只剩下艾薇拉的小车孤零零停在酒吧的路边。

“她从下午到现在喝得太多了，连自己家门恐怕都开不了。”巴努的家离酒吧很近，说着就开到了自己家院子门口。

他的整个别墅都埋在热带的树丛里。院子很大，门前有黄色微弱灯光下照着的一个池塘。房子是两层的，简单地上下各有两个房间。像四个方块搭起的积木。进门的一间屋子，灯没有关，对面墙上赫然是一张大幅中年男子的黑白照片。照片前面的灵台上摆放着油灯，照亮了柑橘等供品和冒着烟的三炷香。房间一侧靠墙是一张很长的藤椅，上面有几个大垫子，另一侧是书架和一张长桌，还有角落里的电视机。

巴努叫诗戈把还在哼唧的艾薇拉放到隔壁房间中间的大床上。

“你要是困了也可以睡楼上，随便哪个房间。”楼上没有亮灯，大的房间也有一个灵台，上面也有一幅发黄的黑白照片：左边那个的瘦小中年女性虽然是印度发式装束，额头中间也有一个点，但是有一种非常传统的中国妇女的神态，诗戈甚至感觉她也许是裹脚的；右边是典型的印族

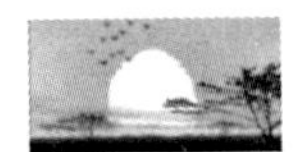



男子。这想必就是巴努的父母了。黑暗的晚上，微弱的火苗在风中摇曳，有一种神秘幽暗的气息。

“你叫我把她扔到你床上了?”诗戈很奇怪地问。

“不是，我晚上就睡进门的那个房间，地毯上。看着电视就睡着了。”巴努不好意思地说。诗戈脑子里浮现出醉醺醺的巴努勉强打开门就躺倒在地上顺势睡着的景象。

这时巴努已经打开电视，靠着垫子开始用遥控器扫台。诗戈也拿过一个垫子在旁边一起看。调到一个闽南语的节目，诗戈听不懂，巴努就翻译起来。但是节目很滥，一会儿两人都没有兴趣看下去了。

“这是谁?”诗戈问起眼前挂着的照片。

“我姐夫。”巴努扭了一下左臂，说自己的胳膊曾经被扭脱臼，现在还不利落，就是姐夫干的。

他姐夫是个美国商人。当初追他姐，被巴努的父母知道了。他爸就对他说：红毛没好人，鬼子要打你姐的主意，还不快去找几个哥们儿灭了他。巴努纠集一伙人到了人家门口叫阵，结果出来一个一米九的洋人，让巴努吓了一跳；再往身后一看，铁哥们儿全吓跑没影了。他觉得自己不能认怂，咬咬牙扑上去，一条胳膊立马就被卸掉，到现在都不好使。

洋人制服了他，说你小子明摆着不行还硬上，还真算条汉子啊，别成天游手好闲的，跟我干吧。

后来巴努才知道，这个美国人对他姐算是真的一往情深。反倒是他姐其实没看上姐夫，只是拿婚姻当跳板，到了美国就把老公甩了，再也没回来，她的女儿也不把自己当印度人。

从那时候他才明白，这人的好坏不能简单看肤色、种族。姐夫做的海上导航产品的生意，那时候利润很高。他们很是过了一段挥金如土的生活，一请就是几十人，找上不止一个乐队，连着狂欢几个通宵。

后来在马来西亚看赛车的时候，姐夫突发心脏病去世，剩下他一个人辛苦经营留下的生意。自从有了日本厂商进入这个领域，生意就走下坡路了。虽然他也一样代理，但是日本货便宜还多少年也不坏，卖一个少一个。

天刚蒙蒙亮，巴努和艾薇拉都还没醒，诗戈就溜出了巴努的院子，坐公交回到自己的家里，准备下午的安排。

他的所有个人物品都在一个旅行箱里。里面就有一副并不昂贵的棒球手套。棒/垒球是他最喜欢的运动。在艾迈姆的时候只有颍君来看过他打球，说自己也跟着学习一下体育文化。

泰德看见了，随后问诗戈：你不是有一个漂亮女友吗，怎么说自己是光棍？诗戈不管泰德是否能理解，回答说只是普通朋友而已；两人都没有交男女朋友的心态。

他到达约定地点的时候也就是3点半，老远就看见一群人戴着手套在练习传接球了。有洋人，也有几个个子瘦小的本地男女。颍君和一个比她稍高的白人姑娘两人站在旁边聊天。她穿着短袖和半长的运动裤，普通的旅游鞋和带着白色的遮阳帽，表明不是很深入这种运动的样子。而旁边那个穿着短裤背心，虽然也很瘦但是挺拔健壮的白人姑娘，左手已经带上垒球手套跃跃欲试，正好和她形成鲜明对比。

“你还记得詹妮弗吗，那晚在西礁那艘游船上？那时她还是一年级生呢。”诗戈过去打招呼握手的时候，颍君介绍说。

诗戈吃了一惊。詹妮弗现在是美国空军情报部门的中尉军官了，刚刚派驻亚太。寒暄几句，正好和诗戈两人就练起传接球了。

练习完毕后，大家热情地和新来的朋友握手致意，并且自我介绍。基本都是大学的外籍教师学生，美国海军和空军军官。另外还有几个本地喜欢垒球的朋友，主要是大学毕业生，学校期间学会垒球，毕业工作后保持了爱好和每周的活动。

报单双数分队后，比赛就开始了。诗戈这边先防守，开始分配的位置是左外场手。他第一次来，不了解击球手的实力和习惯，心理压力不小；好在对方阵容中，正好没有分到左手强棒。

等到进攻的时候，对方派出的投手是高大秃顶、略微

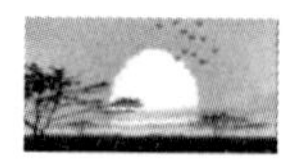


发胖的历史教授克里斯。诗戈觉得这里的草地含水量高，发软打滑，和以前熟悉的黄色沙质土地感觉不同。不过他的击棒还是很出色。在连续两个二垒安打后，他再次上垒的时候，克里斯回头对场上队友连续挥手 3 下，大声喊道：鲨鱼袭击，大家退后。

看见对方的右外场手退后仍然不够，诗戈奋力向他身后打出一记本垒打。颖君第一个过来拍手祝贺。队友马特笑着对颖君说你今天带来一条大白鲨。

颖君和她一个队，不过是友情客串上场，一次也没有击中；詹妮弗在另一队，也只有一个一垒安打。

运动结束后，大家一起去教工俱乐部喝啤酒，看一场最近的职业棒球比赛录像，纽约洋基队对亚特兰大勇士队。谈话的内容基本都是美国体育文化典故。鲨鱼成了每个人称呼诗戈的名字。马特和大学老师克里斯师生两个是最活跃健谈的人。人类学博士马特是堪萨斯大学毕业生，据说以前在校橄榄球队是没有奖学金的四分卫替补的替补。

诗戈觉得詹妮弗没有什么太大变化，还是中西部人那种典型的质朴、真诚、热心的气质。

“我四年级毕业前就签约参军受训了。经济上的考量是主要的因素之一。”詹妮弗一边喝啤酒一边兴奋地摆出一系列参军的好处：大学学费报销；以后自己孩子的大学学费也有了着落，等等。

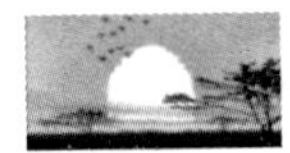


马特的导师克里斯告诉诗戈，今天的啤酒会要提前结束，之后的节目是去历史系教授诺顿家里晚餐。

“诺顿？是一个个子不高的新西兰人？”诗戈想起来什么。

“是啊，你认识他？他不是经常来打球。两周前学校突然通知他不再续约。他们要搬出教师公寓回国了，这算是告别吧。”

“他不是在这边教书很多年了吗？难道不是终身职位？”

听到这里，所有的外籍教授们都摇摇头。虽然他们的待遇在本地人看来让人羡慕，但是合同都是短期的，最多 3 年。学校上层的华人圈子那些政治，外籍人士根本摸不到头脑。没有一个人有起码的安全感，得到基本的尊重。但是也只能忍着，学术界的位置不像企业界，也不是那么容易说找就找。

诺顿的家是在 D 座。诗戈不是很清楚和慧明的 E 座有什么区别。帝国酒吧的那些人，巴努、鲍里斯、帕特里克，克拉克、弗罗伦丝、艾薇拉都在，还有另外几个诗戈还没见过的。

诺顿后来一直没有在酒吧看见诗戈，看到这次他居然

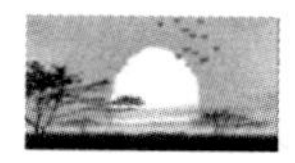


跟着另一群朋友过来，觉得挺高兴。诗戈也第一次见到诺顿的锡克太太莉娜和他们不到10岁的两个小男孩。莉娜睁着一双大圆眼睛，穿着大红连衣裙，个子和老公差不多高，人也偏瘦，身材匀称，手脚细长，动作夸张有力，以至于给人一种挥舞爪子的感觉。虽然诗戈是跟着垒球队来的，但是向她介绍诗戈情况的，却是酒吧那边的巴努。

一见面诗戈就觉得莉娜这个人非常的热心、开放和善良。听说诗戈是单身，她马上就问道“你要找什么样的妻子呢？”

“像你这样迷人的印度女子。”

莉娜开心地笑了，叫巴努保证负责给诗戈找到一个印度女孩做妻子。

在阳台上，颍君问起她给介绍的朋友。

“我后来和萨拉还有昊明都只见过一次，大家都挺忙。”诗戈回答道。

“我也给萨拉打电话了，她说自己这周末在香港。”颍君说。然后他们两人聊起了诗戈这次回国的事情。他的奶奶自理能力越来越差，人又要强，情绪不好。颍君前一段也回国一次。她说自己父母还好，只是因为姐夫下岗后做小生意失败，姐姐身体不好，经济挺困难，他们挺忧心的。不过姐姐7岁的儿子很可爱。上午还在电话里叫她小姨好。

“给家里打电话吧。卡号和密码都是绑定的，按星号

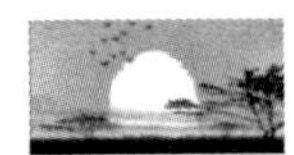



后直接拨国内号就可以。”看见诗戈似乎心有所动，颖君拿出自己的手机。她知道诗戈极少给家里打电话。

可能是因为周末的时段繁忙，诗戈一直打不通。正在沮丧之间，另一只手机被递到他眼前：“我的手机可能更好用，直播号码就行。”

诗戈扭头一看，是詹妮弗。不知道她什么时候也到了阳台上，看见了诗戈的窘状。

接电话的是妈妈，他简短地问了一些家里和奶奶的情况后，就结束了通话。然后三人接着聊那次西礁见面的事情。

“你还记得那个盲人街头音乐家吗?”颍君提起来。西蒙说大家都叫他“肯”，可能主要是泰国华人的血统。那个女孩据说是他和一个葡萄牙女人生的女儿，孩子的妈不知去向。现在父女俩也已经不在那里了。有人说肯死了；也有的说是身体不好，不能继续表演为生，去肯的哥哥的小种植园度过余生了。

过了一会儿，他们几个人又回到客厅。

莉娜不但动作张牙舞爪，她说话也是试图让四周都听到的样子，从来不会窃窃私语。但是因为低音重像男声，所以传播得不算远，还不如眉飞色舞的表现力。

“他们华人就是这么对待我们的!”想到自己已经习惯的教授太太的生活突然结束，只能带着两个还小的孩子跟着老公回老家谋生，莉娜对朋友抱怨说。看见诗戈也在，她又加上一句："和你没有关系啊。"

莉娜把刚到场的一个朋友茗礼介绍给诗戈和颍君。茗礼是个华人妇女，眼睛发亮，个子瘦小，和人讲话需要挺着胸；她当时在抱怨自己刚刚去英国的不愉快经历：在希思罗机场入关的时候，和英国警察吵起来；对方威胁她说再不停止放肆的话，就要动手"把她的身体搬开"。旁边的几位英国男士立即表示遗憾。

认识诗戈和颍君后，茗礼转而讲起自己在南京大学学习历史的经历。她渲染中国当时的肮脏不卫生，说人们随地吐痰吐到她裤脚上。莉娜的眼光又扫过诗戈，对茗礼说，哪里没有脏的地方，你当着中国来的新朋友说这些干什么。

茗礼其实只是要炫耀自己的不平凡的经历而已。她在南京大学和俄罗斯的留学生谢尔盖同居，生下一个儿子，起名叫"汉君"，希望他永远铭记自己的种族文化身份。

不过谢尔盖并没有和她结婚，毕业后就回莫斯科了。她带着汉君回家乡谋生。本地政府并不承认她的中国学历，而且不认可未婚单身母亲的私生子身份。想要得到相关的基本福利，她必须完成一个领养自己亲生儿子的手续。茗礼觉得这是对一位母亲的巨大侮辱，宁可不要福利，也不要领养自己的儿子，因此生活就格外困难。已经完成了移民澳洲的手续，随时可以走。她准备先住在先期移民过去的妹妹那里。

鲍里斯很支持茗礼："国家对不起你，就走。我也曾办了移民澳大利亚的手续。”语气里透着对祖国满怀的酸楚和怨毒。然而多喝几杯酒之后，他也就不在乎周围有没有其他西方人，又低声说中国和苏联是伟大国家，当初要是不误会闹翻就好了，联合起来可以对抗美国。

“何必非要什么印度女孩，中国女孩不是很好吗？俄罗斯女孩你想要没问题，包在我身上。莫斯科大学的，个个花朵一样。不过她们可不如华人女孩，要求太多。中国文化好。”他当着颍君和茗礼对诗戈说。“我儿媳妇现在就在北京大学留学，学汉语和中国历史。她是莫斯科大学中文系的，以后和我儿子一起进外交部发展。”

“华人女的要求也很多。”诗戈脱口而出。差一点没把下一句也带出来：要不然谢尔盖为什么一个人跑了。

第二天下午去酒吧打排球的时候，诗戈又看到艾薇拉的车子还停在原地，不过她人没有在。

昨天刚认识的人中，有几个也在：槟城长大的印度人本杰明，皮肤黝黑，说话不多，是本地一家跨国公司的高管。他太太萧娜皮肤白皙，个子不高，短发，是个珠圆玉润的爱尔兰女士。她和丈夫一样说话不多，却非常礼貌，亲切。让人觉得很温暖。他们从教堂过来，带着两个十来岁的孩子，还有菲律宾女佣伊梅尔达。不过待了一会伊梅尔达就先开车把孩子们带回家了。

另外不打球的女士还有帕特里克的太太凯西娅和克拉克的太太尤安娜。凯西娅是个波兰人，稍胖，金发，个子不高，非常和蔼。尤安娜明显比克拉克年轻，个子偏高，非常瘦，身材细长。她显然是第一次来这个地方，不断地抱怨环境的原始，破败，怎么会有人喜欢这个地方。

大家问起诗戈昨天的朋友 June，他说上午就去机场了。因为“9·11”的原因，安检加强了，需要比以前提早很多到机场。

于是话题就转向时局。鲍里斯觉得美国人活该。以前恐怖分子在俄罗斯闹事的时候，美国说他们是自由斗士。“恐怖分子就是恐怖分子，都是一样的颜色。西方就是双重标准。”

凯西娅、帕特里克和萧娜都表示赞同。鲍里斯接着说到很多中亚的事情，似乎对那个地区很了解。“政治不是普通人容易理解的事情。”

鲍里斯虽然只是中等偏高，但是排球打得不错。身手灵活，明显是学过的。

打完球天还没有黑，诗戈留在酒吧又聊了一会，因为还有其他约会，就先告辞了。

他和蒂娜二人走进河边萨巴尔的酒吧的时候，觉得这里人很多，肯定又有什么聚会。

萨巴尔一眼就认出了他，过来打招呼，并且问起有没有萨拉的消息。自从颍君走后，她再也没有来过这里。萨巴尔也试图继续约会她，不过从来没有得到机会。

今晚酒吧的客人大部分是萨巴尔表弟德吉特的朋友。站在中间那个中等稍高身材，穿着牛仔裤和衬衫，胡子刮得光光的小伙子，就是德吉特。他今年才 18 岁，是本地富商的独子，注定要继承本地有名的百货公司。大学一年级暑假，他去印度玩了一圈，居然就在孟买喜欢上一个已经 35 岁，急需寻找归宿的过气歌女，在那里结婚后把妻子一起带回来了。父母非常伤心，拒不承认儿媳妇。他只能把妻子先介绍给自己的朋友同学。

德吉特的新婚妻子，非常瘦削，面容憔悴，很羞涩的样子。她清唱了一首歌，诗戈这边几乎听不清，蒂娜实在不知道她是哪里吸引了德吉特。

“那天晚上，从你的眼神，就知道你看中的是我。我可是不如西蒂好看。”蒂娜的眼皮上画了金属光泽的粉末，“为什么？因为我皮肤白？”

“肯定不是，你们一样好看。我一般喜欢黑皮肤的女孩。像西蒂那样的都不够黑。”

“那是因为什么，你喜欢聪明的？”

“我是想，你看上去像一个能讲很多故事的女孩。”

“那你还真找对了，我确实是一个非典型的马来人。”

什么是典型的马来人？诗戈看出这个酒吧现在就有不少年轻的马来人。蒂娜和他们有什么不同么？

“我们坐到那边去吧。”蒂娜指指酒吧远处的角落。两人离开人群坐好后，她开始讲起马来人的恩怨。

今天这里在场的马来人应该都是波彦人，而蒂娜她们是属于爪哇人。爪哇人也不是说就是从爪哇来的。而波彦这个名字是不是一个地名也不知道，如果是的话，在哪里，蒂娜也没有说。反正这是两个不同文化价值观念的人群的通称。波彦人是商业文化，偏西化，善于和其他族群搞好关系，压制爪哇人。爪哇人遵循的是传统的马来人淳朴的文化价值。

“你们外人见到的马来人，律师，商人，社区领袖，选美皇后，一般都是波彦人。”普通的爪哇人，一般不善于和外人交往。

“所以我能认识你，也算是有福气。”诗戈插了一句。

在往蒂娜家里走的路上，诗戈才知道她父亲早已去世，母亲卧床。但是她还是宁愿在外面租房子住，和兄弟姐妹轮流回家伺候母亲。她做普通文秘工作，收入不高，和那天诗戈也见到的印度人瑞努卡合租一个房间。至于西蒂，她岁数还小，男友在牢里一段时间了，她自己和母亲姐妹住。

“很多爪哇男子觉得打架坐牢，才是对男子汉气质的考验。没坐过牢不算男人。”

进了她住的组屋，诗戈觉得和昊明家结构类似，就是装修什么的新亮一些。因为瑞努卡已经回来在卧室里，两

 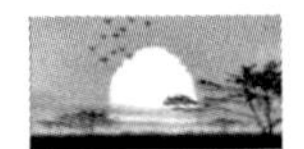 

人就在客厅里倒了一杯水聊天。瑞努卡也跟着出来了，她从加尔各答嫁过来之后，因为家庭感情不和，出来自己住，也很苦闷。

这时候主卧的门开了，出来一个看上去快40岁的女人。个子矮瘦，面色黄里发白，染烫过的金黄色头发，眼皮下垂。她只穿着睡衣，而且没有系好腰带，里面的胴体都隐约露出来。蒂娜介绍说这是房东塔娜。

塔娜对诗戈打了个招呼，他立刻就想起来自己第一次往这里打电话的时候，接线的那个粗糙的女声。

“没错，那就是我。”塔娜说着，一屁股坐在诗戈旁边，并没有收紧腰带的意思。她屋里的男朋友马上合约到期，要回尼泊尔了，因此伤心，神色惨淡。

“我们这里女的多，缺男人，你要多来。”

蒂娜送诗戈出来下楼。说塔娜是酒店的领班之类的管理人员。酒店有尼泊尔来的合同工保镖，被她搞了一个回来，在房间里日夜折腾。这一个马上就合同到期了。新来的未必能霸到手。

# 第五章
# 德　里

人类学博士生马特身材中等，大眼睛高鼻梁，一头卷曲的金发，是堪萨斯农村长大的孩子，希腊移民后裔。

“那里除了一望无际的玉米地，什么都没有。年轻人心里唯一的想法就是离开这个鬼地方。”他父母关系不好，离婚了。“我爸爸一辈子都不顺，心情也不好；妈妈受得了穷，受不了他的情绪。”

“你敢说我是同性恋，要是我爸知道，他就得拿枪打死这里每个人，然后把这地方烧成平地。”当诗戈对马特的带有彩条的球鞋开玩笑时，他回答说。

“所以你和妈妈更亲近？都是你爸的错？”诗戈问道。

“谁说的，妈妈没错；我爸爸他是一条好汉，也没有

什么错。男人有的时候就是运气不好。”

有时打完球，诗戈心情不好喝闷酒的时候，他会邀请诗戈去家里过夜。

“四海之内皆兄弟。你们中国人，像你这样的，都搞到美国来，旅游签证就行，来了就别走，我找哥们儿把你们都藏起来，政府抓不到。好人多了，美国就变成一个更好的国家。”

还是在上高中的时候，有一次他们一伙人糟蹋了镇上一家商店，被警察追踪，而且在当地电视上现场直播。

他第一次讲起这个故事的时候，旁边历史系的教授丹尼愣了一下，问了更具体的时间和镇子的名字。原来多年前，丹尼和女友驾车纵穿大陆路过小镇的时候，就在汽车旅馆里看了现场直播。

“一定要抓住这帮人渣！”丹尼不顾女友的抱怨，一直等到在电视上看到四个年轻人被多辆警车围得走投无路，只能乖乖停下来，举手走出车里投降。

“世界真是太小了。”克里斯听说了诗戈和詹妮弗在多年前万里之外就见过面的时候，又感叹了一下。

考虑到马特他们年少无知，法官判决的是几百小时的社会义工，还有不能离开本州上学。这样成绩不错的马特只能上州里的大学。

马特总是想问诗戈的情史。“上个星期在桑德拉家，那个在伦敦学法律的华人女生对你很有兴趣，你应该要她的联系方式。”

诗戈可是没有感觉到。那一次打完垒球后，大家一起去大学女子垒球队的女教练桑德拉家里玩。桑德拉大概四十多岁的样子，身材健美结实，皮肤黝黑。她的家居然是像宫殿一样的豪宅，里面已经有了很多年轻人，大部分是女孩子。桑德拉的老公布拉德中等身材，是个非常有风度的英国绅士；看上去有六十多岁了，大学金融教授，成功的投资者。

布拉德的豪宅里总是一堆年轻人，在大厅、花园和各个房间里，三五成群，聊天，玩游戏，想干什么都行。诗戈注意到有一个女生很特别：她几乎快和自己一样高，一脸稚气，很不合群，旁边还有两个老人。

和布拉德聊了几句之后，克里斯过来向诗戈介绍情况。

原来布拉德夫妇有四个养女，最小的那个不幸半年前游泳溺亡了。两人很伤心，一直不能从打击中恢复过来。正好前几天在报纸上看到新闻，说是几个月前本地一所学校通过退役中国男篮队长从中国特招了几个有篮球天赋的初中女生，给予奖学金。本来希望能为学校获得冠军，这些孩子也可以留下来成为移民，为本地人口加入优良的体育基因，没想到中学锦标赛半决赛就被淘汰。校队教练抱怨送来的孩子素质不够，要把她们送回去。社会舆论很不满，认为这些人天资很好，指责教练只想出成绩，没有安排孩子们从语言文化上适应本地和学校生活，造成沟通不

良；比赛失利，又只顾推卸责任，不为孩子们的前途考虑。来的时候是一个重大的人生决定，这样送回去，孩子有被耍弄抛弃的感觉，学业也耽误一年。上层家庭纷纷表示愿意收养，帮助她们学习语言适应扎根本地，负责到大学毕业。其他人都有去向了，只有个子最高，情绪最不好的孙英一直没有着落。布拉德夫妇看到她和自己不久前失去的孩子差不多岁数，就把她请到自己家里，还从山西请来她的父母。

“这里没有别人会说中文，你能去和她讲讲中文，让她开心些吗？住一段再做决定吧。”布拉德也过来问诗戈。个子矮矮的本地华人女生安吉拉正好在旁边。她在伦敦学法律，回来度假。这一群年轻人，几乎都是学商业或者法律的。安吉拉因此对诗戈的背景和工作很感兴趣。

安吉拉的眼神很清纯，愿意和诗戈一起去和孙英搭讪，同时看看自己能不能听懂一些汉语。“你会讲汉语，我是女生，一起去，也许她会放松些。”

然而孙英却一直逃避对话。她妈妈告诉诗戈，孩子实在不愿意待在这里了。语言也不通，大家对她一点不友善，活受罪啊。还是想回去，耽误一年就耽误一年吧。

就是在那个失败的尝试中，两人有了一点共同经历而已。看到 13 岁的女孩，留下不愉快的记忆，非常让人遗憾。

“也许我应该想到管安吉拉要电邮。”诗戈告诉马特。

马特又提起来，在夏威夷大学读博士的时候，有个特别漂亮性感的华人女生，人人都想追求她。但是她说自己只嫁华人。“你要是在那里就好了。”

“你干吗不找美国女生。华人女生势利得很。”

“太糙了。一过岁数，很快就这样了。”马特把两手掌心向上放在腰间，做出托着巨大乳房的样子。

“其实，主要还是性格。一提到性格，几乎所有的美国女人就都不用考虑了。而且也一样势利。在校园里，什么爱啊，酷啊，帅啊，最后看看，大家嫁的都是什么人，还不是图一个钱字？”

在堪萨斯大学，他也交了一个女朋友。人家还是什么罗兹奖学金得主，有机会去牛津待一年。走了没多久，就给来信大谈那里的文化积累、贵族气质，跟乡下小伙说拜拜了。马特很是难过了一段。后来她自己回来，又要和他和好。马特说自己有了新的女友，拒绝了。对方恼羞成怒，开着车要撞死他。千钧一发之间，马特跳上矮墙跑掉了。眼见得她的车撞上墙，气囊爆出来，充满整个驾驶位的空间，再看不见司机。

马特最后还是在夏威夷和女留学生玲结婚了，然后跟着来到妻子娘家的地方。没有什么合适的工作，只能再读一个博士后混着。当年眼泪汪汪送出国留学的娇小玲珑乖乖女，领进门一个体格粗壮上臂刺青的白人女婿，把思想保守的岳父吓得怔住。

玲本来大学学的是银行专业。但是上了几个月的班，

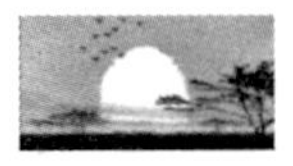


觉得实在难受，就辞职了，改行当小学体育老师，天天带着孩子跑圈。

这个周末打完垒球之后，杰瑞带着大家一起去美国海军基地。那里是治外法权，啤酒没有税，非常便宜，还可以赌博。这一段时间，来打球的军人很多，很多是往来中东战场途中经过本地的；还有美国大使馆也加强了增加了保卫。

布赖恩·王就是新来的海军陆战队队员。他是艾奥瓦州长大的华人，比诗戈矮一头，淳朴羞涩，留着典型的军人平头，胸肌突出到不知往哪里放。

“作为华人，你应该喜欢这里?”克里斯小心问。

“嗯。”布赖恩点点头。

“主要好在哪里？你已经交上女朋友了吧?”马特接过去问道。

“嗯。她是本地华人女孩子。”在家乡，他不能指望交到这么苗条可爱的女友。

接下来几个美国内地的年轻人就开始拿布赖恩的华人身份打趣。

“应该让你去搞中国情报，比詹妮弗更合适。”

“不合适，还不知道他给哪边干得更欢呢。”

肆无忌惮的玩笑表现了年轻人对伙伴毫无芥蒂的信任和接受，但是布莱恩自己却露出尴尬的神色，不知如何回答。诗戈注意到美国人里面，只有克里斯和詹妮弗对别人的心思较为敏感，没有参与这种玩笑。

从基地酒吧的窗口看，“小鹰号”航母上算不得灯火通明，不过它巨大的舰体仍然是港口夜空背景中宏伟的存在。带着一星肩章的准将也在不远的桌子边上坐着喝酒聊天。

诗戈换了不多的筹码，一边喝着啤酒，一边开始玩老虎机。有一段时间手气不错，手里的罐子都快满了，沉甸甸的。不过没过多久，就输得一个不剩；啤酒也喝了不少，昏昏沉沉，还是坐下来聊天。

胖胖的杰瑞端着酒扎到处打招呼。在他坐过来之前，詹妮弗告诉诗戈，杰瑞本来是做空勤的，“就是后来在南中国海上和你们的歼击机相撞的那架 EP－3 侦察机上。”

有一次在基地的时候，他被脑后飞荡过来的小型吊件击中后腰，之后按工伤退伍。不然的话，很可能就会有在海南岛被俘的经历。退伍后杰瑞在美国使馆做 IT 工作，同时在读一个网上函授大学课程，马上要毕业拿到学士学位了。他见过无数精英为了搞到美国签证求他帮忙，从来不放过展现美国人的优越感的机会：“函授大学学位也是一个美国学位。”

克里斯的反应很复杂。不知道是赞赏一个没有受过很多教育的人自励上进，还是对世间的不平等感到遗憾。作为名校毕业的空军人员，詹妮弗也没有说话。越是社会地位低下的人，越需要这些东西充实自己的自尊。

“过了元旦我也要调到新德里的美国使馆工作了。现在我们政府为了遏制你们中国，正在收缩住柏林和开罗的人员数量，大力扩张中国周边国家的使馆人员编制。愿意去印度的人不多，我是自告奋勇。那个地方去美国的签证队伍望不到头，要连夜排队。”杰瑞接着说。然后就起身去加饮料了。

“到了印度他裤裆里那个东西就更忙了。”诗戈有些醉醺醺的。听到这句话，詹妮弗羞得用双手捂住了整个脸庞。这让他有点吃惊和不好意思。

§2

去帝国酒吧喝酒打球的次数多了，诗戈感觉到巴努名气不小，在当地是个晁盖一类的人物。当年一些各地年轻人来这里闯生活，得到他的帮助；后来在社会上混得出人头地，都记得他的好。有一些也经常或者偶尔来酒吧坐坐。

巴努提供的帮助主要是家庭情感方面的：年轻人思想不成熟，贫贱夫妻百事哀，加上人生地不熟，很容易出事。还有一文不名的穷光蛋要追求女孩子，他也帮忙，跟女孩子摆人家的好：什么正派上进之类的，甚至烟酒不沾之类的没谱的假话也敢说。

中学校长艾莉娜就一直记得，当初自己还是大学生，也没想想，老公伽加南真的滴酒不沾的话，怎么会和巴努这样的人成天混到一起。一个星期有一两天烟酒不沾还差

不多。

一天晚上在帝国酒吧，法国时装公司的高级经理阿什喝光了杯中啤酒后，感慨起来。这个世界熙熙攘攘，尽是俗人蠢人；像巴努这样的在他贫贱的时候没有鄙视他，看到他价值的人，才是知己。

巴努的脸上表现出不耐烦的神情。阿什起身离开后，巴努鄙夷地问诗戈："这个人有什么价值，被我看到了?"

"职场的价值，作为丈夫和父亲给家里带来物质保障的价值。"对面的伊丽莎白替诗戈回答了。她是个娇小玲珑的澳大利亚中年女护士，皮肤白皙，五官精致，长脸，额头高，鼻子挺翘，气质娴雅。

"我只要和朋友高兴，哪里有认识这种价值的眼光?人生境遇如何，能不能发达，无非就是运气而已。太把自己当回事了。"

"你最好注意别在阿什面前提起喜欢黑皮肤的女孩。他其实是个白人。"巴努又对诗戈说。伊丽莎白也眨了眨眼睛。

"我只是说黑皮肤的女孩也可以像伊丽莎白一样迷人而已。"

阿什在欧洲呆了很多年回来，很喜欢谈论自己的独特生活方式，家里养着几条狗和一些独特的宠物，找住处的时候还要想着它们。但是他没有讲过自己年轻的时候，第一次去斯里兰卡的故事。吃饭的时候，招待问他是印度哪里人。

“你怎么知道我就是印度人?”阿什不高兴了。

人家赶紧赔笑说：“对不起，那么您是非洲哪里来的?”

阿什几乎都嚎叫起来：“难道这个世界都是看肤色吗?难道凭我的教养，谈吐，就不能是白人，是英国人吗?”

他一辈子再也没有去过斯里兰卡。现在当然没有那么年轻冲动了，但是一提起孩子的教育，还是一堆“先进”的“白人”思想。有一次喝酒的时候，旁边桌子有一对双胞胎男孩，穿着一模一样的黄衣服。他低声问诗戈：“你觉得让双胞胎穿一样的衣服，对培养孩子的独立人格有益处么?”

伊丽莎白是心理护士，常常给诗戈讲诊所各种病人的症状：会计的数字强迫症，高管的万事皆阴谋，等等。没有什么能比得上殖民主义历史给人精神带来的巨大扭曲和创伤。

“人少有像本杰明和萧娜那样，这么多年，还像原来一样低调诚恳的。”巴努感叹说。本杰明对一双儿女的教育也很严格。极少带孩子到酒吧露面。只有在周末萧娜开车接本杰明的时候，才偶尔带着孩子们一起来，坐一会儿，然后带上爸爸一家人一起走。姐弟俩都是巴努看着长大的，姐姐艾拉明眸皓齿，天真甜美。这个姑娘是在家境不富裕的环境中长大的，特别懂事，聪明。跟她弟弟杰森完全不一样。

杰森其实也就小了两岁，但是就差远了，跑到外边说自己是英国人。艾拉从来都是以亚洲人自居。是一个非常有情有义的姑娘，朋友特别多，特别铁。

有的时候，诗戈特意不去最近的公共汽车站，而是沿着第一次从昊明家来的那条路往来帝国酒吧。他也确实又碰上过那个拜大伯公的一伙，在还有光亮的时候看到了树丛中小小的穿着鲜艳红黄衣服的大伯公像，前面是小小的香炉和供品。诗戈和其中一个年轻人聊过一两回，问可不可以加入他们。但是最后好像堂主之类的意思是天下事都有灭的一天，我们这个道道绝了就算绝了，不能乱来。

在铁道附近的超市买东西的时候，诗戈和女收银员发生目光接触。自从一次买猪肉的时候，被马来女收银员鄙视，让他自己去装袋之后，诗戈就对超市的女收银员就有了心理阴影，会不自觉去瞟一眼对方的神情。这一个收银员明显不是马来人：皮肤白细，眼睛又圆又亮，很友善；短发，下巴尖尖，大概二十八九岁的样子。诗戈看见她胸前的名牌 Joan（乔安），却不知道她是哪里人。

“你是哪里人?”看到小小的超市这个时间并没有其他顾客，诗戈搭讪道。

“缅甸人。仰光来的。”

“哦，我是中国人，中国大陆。”

“是从上海来的么?”

“不是。你去过上海?”

乔安摇摇头。这时候有其他顾客从货架区出来付款，诗戈就告辞走掉了。

在公司里和印度同事一起吃饭的时候，诗戈谈起超市里马来女收银员的眼神。加尔各答来的库莎里觉得这是一场广泛的社会潮流。她在印尼工作的年月，亲身体会东南亚马来族群的巨大变化：刚刚走出家门，来到工厂做工的马来女孩，天真烂漫，兴高采烈。对她们来说，一切都那么新奇：厂房，机器，厂方安排的拥挤的宿舍，培训，倒班，都和农村的环境生活完全地不同；华人为主的工程师和工头，就像她们在异乡的亲戚一样，让她们见世面，管吃住，还有工钱寄回家里给父母。但是几年后的今天就不同了，女孩子们对华人资方和技术管理人员的神情，清楚地表现出她们的精神世界有了新的皈依，开始冷漠地看待甚至鄙视这些她们曾经视为父母兄弟的人。

库莎里说自己不是很赞成激烈革命。比如印度激进青年曾经批量处决地主。

“情绪性地肉体消灭地主当然是不对的，这个过程应当是系统性地按计划实施。”诗戈开玩笑地说。听到这话，库莎里瞬间的反应暴露了她内心的震动。这没有瞒过对激烈的灵魂极其敏感的诗戈，让他隐约感到激荡的社会风潮的遗留痕迹。

库莎里不施脂粉，经常是简陋的印度传统服装，一身印度咖喱气味。能言善辩，略显男人做派，也许是校园学生骨干的遗留风格。

“如果你对这些东西感兴趣，我可以介绍你接触更多的人。”她平静地对诗戈说。

诗戈还是对其他话题更感兴趣。玛丽已经快要和一个澳大利亚的老绅士结婚了。她给诗戈和公司前台穆娜看照片和戒指，遭到穆娜的鄙视。搞得她都不好意思，吃饭的时候不知道谈什么好。

诗戈总想找另一个部门生产线上的几个来自马来西亚新山的印度女孩聊天。达雅是其中最健康阳光的，皮肤黝黑光亮，脸型完美，牙齿洁白整齐，眼睛闪闪发亮，穿着黑色牛仔裤的身材健康匀称。诗戈和她都喜欢老牌印度女演员兰芭（Rambha)，胜过南印度当时最走红的年轻女星希木兰（Simran)。兰芭发福的时候一样敢上银幕，展现自己妩媚自然、丰满活力的神采。

“你为什么对这里的华人女孩不感兴趣?”达雅微笑着问。

诗戈想起一起打垒球的马特对他说的话：“我知道你为什么喜欢印度女孩。她们眼睛大，看你的时候，就把你的魂勾走了。”于是就用这个说法敷衍了一下，不过马上就觉得不好意思。对达雅这样的女孩子不应该那么肤浅。

“不矫情做作，对自己的文化骄傲自得的人，就有魅力。这点上华人不如马来和印度人。特别是马来西亚长大的孩子，有浓厚的乡土气息。”

诗戈讲到自己几天前在公交站，看见七八个马来婆姨，带着一个亭亭玉立的小姑娘，真是花朵一样，妙不可言。他忍不住多看几眼，立刻被对方察觉了。小姑娘非常气恼，却也无可奈何。他每多看一眼，她就气恨地跺一下脚。几个马来婆姨见状笑成一团，东倒西歪地，身上的肥肉乱颤。

“那个时刻，我觉得特别得意。生活就是这么回事。”

达雅也笑了。露出洁白整齐的牙齿。

“可是我们印度人也有美德。达雅她有未婚夫。不管你们华人多有钱，我们也不能背叛自己的丈夫和男友。”旁边年岁稍长的安苏雅急忙说道。

安苏雅的脸型上面变窄，两边的眉毛往中间挤，眼睛也是这个感觉，苦兮兮的。

看到诗戈有点尴尬，达雅又用微笑安慰了他。

一时间，诗戈觉得她的眉宇间都是阳光。这么多年来，似乎是第一次，身体里流淌的血液恢复了青春的热度，涌上心头。

很多来的人都挺吃惊：茗礼自己住那么小的组屋，也好意思请一大堆人来家里做客，作为自己的告别会。正好鲍里斯还带来一个路过这里的俄罗斯代表团。不论男女都显得很冷漠、僵硬。有了他们，客厅就更拥挤了。

鲍里斯悄悄告诉诗戈，代表团的男士们去红灯区的时候，可不是这么一本正经。他忘了提醒自己的男同胞们，那里姿色出众的大都是男人变的。客人们当面说好价钱，领回房间，关上门就急不可耐地扑上去，结果大受刺激。

茗礼的卧室陈设非常简单，只有一张床和一个书架。上面的书都是世界各国的风情介绍，很大一部分是关于印度、伊朗和土耳其的；另外就是历史和人物传记，一本小说类的书都没有。诗戈说自己也是几乎不看虚构故事的人。他觉得交往中茗礼的每一句话都合自己心意。

作为女人她可能是从来没有过哪怕是普通标准的家。但是茗礼心里也没有一丝的阴影。诗戈想着，在南京留学几年，她也许熟悉诗戈的那个年代中国普通人的物质生活。一间破平房，一张破铁架子木板床上，床单不干净也不脏，不新也不旧，一床被子，不干净也不脏，不新也不旧，一个荞麦皮枕头，上面盖一个某某国棉一厂的枕巾，不干净也不脏，不新也不旧。墙边一排暖气管子，上面烤着一双洗好等着干的袜子。一张桌子，上面一个暖水瓶，一个台灯，一个水杯，一个烟灰缸，一碟花生米，半瓶啤酒，一本卷角的人物传记书。窗户边一个脸盆架，上面挂一条某某国棉一厂的毛巾，还有一个肥皂盒，里面半块很润滑的劳动皂，一个漱口杯。早上天一亮，人就醒了，披上衣服，拿着暖瓶去锅炉房打一瓶水，回来后又拿着脸盆去水龙头打了大半盆冷水，兑点暖瓶里的热水，洗把脸，拧干毛巾再挂好，端着脸盆出门把水倒在门口的水泥地上，水就顺着沟流到地上铺的铁盖底下了。过一会，带着白沫的刷牙的水也顺着沟流到铁盖盖底下了。

“我真的是很难不喜欢上你这样的女性。”茗礼的个子太小，诗戈要低头和她讲话。

“嗯，我知道。”茗礼仰起头，眼睛看着他。诗戈觉得她的明白大方也是那么迷人。

“你如果不走呢。”

“这是我的计划。你的计划呢？你需要有一个计划，如果它听起来很好，女人就会跟着你走。”

除了活下去，诗戈没有什么计划。年底快到了，房东朱莉最近不顺心，脾气越来越大，让他决定接受巴努的劝告，搬出来住进巴努家的别墅里，不过这不算什么事情，反正他所有的东西都在一个旅行箱里。另一个麻烦的事情他要去印度出差，在办签证。

“印度是个好地方啊。”茗礼高兴地说。公司里的本地华人就不想去印度，所以才打发诗戈去。大家都给他讲新婚夫妻的故事：女的度蜜月非要去泰姬陵浪漫，结果从机场到酒店的路上，印度国产大使牌车子熄火了，发动不起来，司机让新郎下车到后面帮着推一下，结果车子一下就走了，留下新郎一个人，再也没有看见自己的老婆。也有的印度人刚到这里没多久，身上的咖喱味还很浓重，也极力撇清和印度的关系，用“他们”来指代自己祖国的人。

鲍里斯听说了他的计划，也来祝贺诗戈，还说要带给在俄罗斯驻新德里使馆工作的儿子一部索尼高级摄像机。并且说不用担心入关缴税，他儿子会在机场从外交人员通道出来找他。

“你知道的，其实主要不是逃那点关税。我是打算让你们年轻人认识一下。以后对双方都有好处。”

茗礼看着诗戈，让他觉得有些窘迫。确实，除了他自己，人人对生活都有自己的计划。

客厅面积小，人挤人，嘈杂，让人和人之间的距离更近了。诗戈和弗罗伦丝跳了一会舞，坐到伊丽莎白旁边接着喝啤酒聊天。

“艾薇拉怎么没有和你们一起来？”

“她来不了，又喝倒下被送回家了。只要她前夫回来这个这里，她就会喝倒。车子也不敢开，一直丢在酒吧。你昨晚没看见么？”弗罗伦丝回答说。

“感情的事情，女人绕不出来。需要一段时间。难为她了，远离家乡，家庭又遭变故。”

“她自己也不是没有问题吧，虚荣心太盛，太以自我为中心。”伊丽莎白插话了。

“那我呢？”弗罗伦丝脸色一变，问道。诗戈吃了一惊，认识这么久，第一次见到一向端庄的她如此失态。他从没有见过弗罗伦丝的丈夫，也没有听她谈起过的他。只有一次艾奥拉说过弗罗伦丝和约翰夫妻关系也有问题。不过他没有往心里去，谁家婚姻没有问题？

弗罗伦丝是穷人家的孩子。女孩子小时候最喜欢的事情居然是爬树。读完了英语硕士，英国也没有什么好的工作前景，听说远东招募英语教师，报酬可观，就应征来了。艾奥拉当初也是同一批的，面试都是同一天，前后脚。两人就是一起在厅里坐着填表等面试的时候认识的。那时候大家都风华正茂。约翰个子不高，可是个有男子气的帅哥。为了挣钱加入法国外籍军团，两人聚少离多。后来约翰一次行动前怕死临阵脱逃溜了，被法国政府永久禁止入境。

“我嫁了这么一个不是男人的东西，真是瞎了眼。”弗罗伦丝喝完杯中酒，起身去加饮料。

“有那么严重吗？不就是想家想老婆了吗。如果我有这么一个如花似玉的老婆，呵呵，也是一样。”诗戈对伊丽莎白说。

“约翰后来一直没有正式工作，养育两个孩子的经济负担都在弗罗伦丝一人身上。她要离婚又离不了。一旦离婚，约翰不要说居留身份，连外面租房子的钱也没有，儿女面子上也不好看。”

“难怪。上次我问她康妮想学什么，去哪里上大学。她停了几秒钟，说自己觉得不应该让女儿上大学，免得以后康妮觉得花了妈妈那么多钱一辈子有心理负担。我还以为她这是一种幽默。”

“梅森参军后，被派到科索沃那边，你没有看到弗罗伦丝成天担心儿子么？因为这个她还攻击俄罗斯，和鲍里斯吵起来。父亲怕死不当兵的代价，是儿子上不了大学只能参军卖命。”

几天后的周日下午，诗戈搬进了巴努的家里。正好本杰明、萧娜夫妇和艾拉、杰森姐弟俩都在，和巴努坐在地毯上聊天说笑。

门前池塘安静的水面上，突然间有个什么东西冒个头，又沉下去不见了。艾拉说池塘里有 3 条大鱼，最大的那条一只眼睛瞎了，经常把瞎的那只眼睛探出水面。还有一条偶尔扑腾一下，发出响声，会把水滴溅到池塘旁边低矮的象耳果的肥大绿色叶子上。最后那条是一只鲨鱼，从来不露面也不发出响声。

诗戈不知道还有淡水鲨鱼这回事。巴努就拿了池塘边的大网，赤脚走进池塘捞。连着几下都是一些小鱼和那条半瞎爱扑腾的大鱼。之后，终于把淡水鲨给捞出来了；它比另外两条大鱼稍小一些，比海里的鲨鱼身形短粗，但是却更加丑陋凶恶，在网中不断挣扎，吓了诗戈一跳。

“它长得凶，不过也就是吃细小的鱼食而已，和其他鱼一样。”

过了一会儿就到了打排球的时间。

鲍里斯和英国女教师妮柯尔的恋情越来越公开了。这一次妮柯尔来的时候，大家正在打球，她就自己在一张小桌子边上坐下。等到比赛结束，球员们一起坐到拼接的大桌子边，诗戈打招呼叫妮柯尔也过来。她看着自己桌子上的包和啤酒，稍微迟疑了一下，鲍里斯见状立刻就走过去把她的酒杯酒瓶和坐的椅子都搬过来。

“这就是风度的差距啊。”诗戈惭愧地想着。不过虽然鲍里斯阅历极广，能说会道，舞姿翩翩，体育也好，但实际上被人觉得价值思维怪异，一身浓厚的俄罗斯伏特加味道，一直郁郁寡欢，和自己差不多。只有在女人那里，他才能得到些许安慰。

妮佳问起诗戈去印度的事情。公司托办的旅行社不得力，签证一直拖着没下来；他一气之下，直接给印度最高专员（大使）写了一封信，抱怨了一番。结果还真起了作用，专员大人专门把他找去，问了情况，当场叫副手给诗戈做好签证之后，还挽留他和副手 3 人一起交谈了一个多小时。专员身材瘦高，带着金丝眼镜，风度翩翩。他最近从新德里上任履职前，专门去了一趟上海，对那里的发展成就大为惊讶，并且提到中国刚刚取得的航天成就。

“我们印度也有雄心勃勃的航天计划。要在 2013 年前后进入火星轨道。在经济发展上，印度效率是不如你们中国。但是我们的航天计划是有中央政府保证的资源支持，绝不会拖延。”

妮佳刚和一个女伴从印度旅游回来。她们的随行导游以为客人只会说英语，和当地导游一路上肆无忌惮地说着她们的坏话：看这两个西方长大，不懂母语，有钱的愚蠢的丑娘们儿，衣着打扮可笑至极，这种垃圾人类居然也活着。

“那又怎么样，咱们不是还得乖乖地伺候人家，让人家高兴，拿点小费养家。”

“咱俩一人一个。把她们分了弄回家当老婆算了。”

“这俩都老太婆了，有什么好分，全归你了。”

到了结束的时候，妮佳给了他俩格外多的小费，并且用旁遮普语告诉他们：这是因为你们的导游给了我们一个特别的经历，让我们更好地认识自己，非常难得。两个导游当场吓傻了。

这件事情当然不可能不影响女人的情绪，但是她讲故事的时候非常平静。

到了晚上，很多人都走了的时候，还剩下巴努的几个朋友。深色的丛林中，浅色的点缀稀疏星辰的天空下，一样的惨白的灯光。这次只有一只大壁虎，嘴巴在转动着吞咽猎物。

带着黑边眼镜杂志编辑帕瓦伊向诗戈讲述自己的家族史。她家里原来是巴基斯坦的大地主。

“站在我家二层的房顶上，眼睛能看见的土地都是我家的。”印巴分治后，全家面临生存威胁，又不愿放弃信仰，决定抛弃土地合家迁移到德里。

“路上死了很多人。到了德里，全家活下来的十几

口人都挤在一间屋子住。”那时候她还没有出生，都是母亲告诉她的。也有一些印度教地主不愿意放弃土地和财产，选择了改换信仰，皈依伊斯兰教。据说布托家就是这样。

“你知道吗？我们大量的旁遮普人涌入德里，连当地的口音、词汇和饮食都被影响。”

诗戈也听祖辈讲过土地的故事。他家以前也有很多土地，后来吸鸦片上瘾，败掉不少。到了革命的时候，家族里参加革命的成员做了不少工作，事先把土地紧急分给家族里贫困的成员；完成细分后，又暗示和鼓励佃农亲戚有困难少交租。

少交租很容易，毕竟都是族人，但是当时说服家里老人分地真是费了牛劲。土地是命根子。家里出了什么变故，包括被山上的土匪下来把家里抢光，也不怕。只要土地还在，到收获的时候，粮食就进来了，手头就有钱使，体面就回来了。不过最后以当年缴租的数量划分成分，没有一个人被划为地主，躲开了后来一系列的厄运。

“让诗戈和巴瓦妮见见吧。她就是因为弟弟一直不结婚，给耽误了。巴瓦妮的爸爸在印度有很多土地呢，可以出得起一大笔嫁妆。”帕瓦伊对巴努说。

“哦，哦，好的。”巴努若有所思。巴瓦妮是中学英语教师。比诗戈大，听说性格不是特别好。

诗戈拿到签证之后，终于可以去旅行社订购机票了。

在办公桌前等着出票的时候，他听到了邻桌女子谈话的嗓音低沉有磁性类似男声，觉得有点耳熟，扭头一看，居然是好久不见的萨拉！

难怪一开始没有认出来，萨拉和刚来的时候比，像是换了一个人，年轻了好几岁。脸上的皮肤白得发亮，容光焕发；人也瘦了些，脸形从长圆的鹅蛋脸，变成尖下巴。

萨拉刚从英国度假回来不久，因为有点什么事，又要回伦敦一趟。恰好也在这里出票。

“我很快就要实现自己的梦想，去北京居住了。”她兴奋地告诉诗戈。

“你的工作呢?”

“没什么起色。我辞职了。事业不是人生的全部。再说北京也许有更好的机会。”

“原来是跟着爱情走。祝贺你。”诗戈没有进一步问幸运的男子是什么人。不管怎么说，那个楚楚可怜，让人多少有点爱恋牵挂而伤心的萨拉已然不再，他也可以释怀。

在班加罗尔完成公事之后，诗戈自己飞到了德里，住进了巴哈甘吉。

狭窄肮脏的街巷，各种的廉价旅馆招牌，随处可见的西方背包客，还有沿建筑物边墙杂乱交织悬挂的电线，就在人头顶高度不远，似乎随时要掉下来。

在街区“德式面包房”招牌下的小店吃早饭的时候，诗戈碰见个子不高，挺胸扬头的詹妮特。她一头金发盘起来在脑后扎起马尾辫，露出光滑圆润的前额。詹妮特告他：“除了攒人拼车方便，巴哈甘吉在其他方面一无是处。其实就算拼车，还是挨宰。”

其实其他西方旅游者也知道，但是想到已经算是比较便宜了，就不再过多计较。人家想尽量多挣点钱也可以理解。尤其是男性，比较想得开。詹妮特是个典型的纽约人，父母都是东欧移民，面部轮廓也有斯拉夫人特征。她住在德里北郊的德里大学门外的旅馆里，因为那里背包旅游者少，所以自己坐黄包车过来巴哈甘吉找伴旅游。吃饭的时候碰上诗戈，两人坐下聊起来。两人一起坐上冒着黑烟的摩的，首先去参观甘地夫人墓。司机也很奇怪，一再确认不是一般游客都喜欢去的圣雄甘地陵墓。

诗戈觉得詹妮特的精神有点紧张，甚至到了快要崩溃的地步。总是关注和谈论各种负面的东西：强奸、抢劫的新闻，尤其是针对外国女性的。还有疟疾。她在泰国自愿教书一年了，那种地方男的都希望变成女的，洋妞也比较安全，不像印度，尽是强奸犯。但是疟疾是哪里都有的。出门旅行的药品，治打摆子的比拉肚子的贵很多倍。这和医药公司的专利和利润有关，以前更贵。听说很快就要有便宜的，但是毕竟还是未来时。有门路的，可以要一些过期的，不过长期在外，每天都要吃，总是不够，所以到了印度她就只好吃当地的什么印药。

诗戈笑了笑，印药也不错啊。从他个人感觉，任何从海外飞往印度的航班，上面坐的印度人，至少有一半回国的主要目的就是看印医，另一半是干其他事情，同时顺便看印医。

“你是怎么对付疟疾的?”詹妮特讲完一大通疟疾药的历史和现状之后，看出诗戈不怎么懂也不感兴趣。

“不管它。我们中国人说死生有命。死了投胎，20 年后又是一条好汉。”

德里的城市全是冒黑烟的摩的。红灯的时候，一个小女孩扒住他俩的车子，用左手指了指自己右侧衣服空空的袖管，又张开手掌要钱。诗戈转头看看詹妮特，她摇摇头。

车流已经启动的时候，乞丐还是扒着车不放。一个开车路过的中年摩的司机，冷不丁抓住女孩背在后面的右手举起来，给诗戈和詹妮特看。女孩子才放开他俩的车子走了。

“你在纽约做什么工作?”在甘地夫人博物馆，诗戈问道。

“IT 工程师。后来对公司不满，闹翻了，就辞职了。”

“是因为公司文化太男性主导?”

“是啊，你怎么知道?”詹妮特的眼睛放出光芒。

“见过这类事情。那个国家本来就是这样。”

玩了一天，去了德里的几个地方之后，天已经近黑了。两人坐黄包车回詹妮特的旅馆。

德里拉黄包车的都是外地人，本地的都升级到冒黑烟小摩托。黄包车是没有资格讲价钱的，他们也不会讲英语。往往是本地摩托大哥自己嫌钱少，转给他们的生意：哪里哪里，谁去，大家都抢着去。因为抢得急，而且这些人连本地话也不是很熟，经常听错，又不能交流，没法协商价钱，到了地方再求客人看样子给钱。这一次车夫可能是连目的地也没有听清，方向都错了。诗戈在后面喊也没有用，只好跳下车，好像抢劫犯一样，把车夫从座位上抱下来，按在地上，用手指着新德里北郊德里大学的方向。

车夫明白后，示意詹妮特也下车。然后他把黄包车抬过低矮的栏杆，准备横穿高速公路。在迎面驶来的轿车前灯的光芒中，车夫神情镇定地招了招手，长长的车队都停下来，一眼都望不到头，等着 3 个人过去。

德里大学边上的华人区，有点像多年前中关村外面还很荒僻时的感觉。除了詹妮特住的旅馆是 3 层的，其他多是拥挤无章的一二层建筑。比起巴哈甘吉，街道要干净整洁得多，只是在墙上有一些喷上的标语。人也少多了。都是三三两两的年轻人小伙子，在昏黄的路灯下的小桌边下

象棋，啪啪的；总之跟中国街道没有两样。诗戈去打招呼，问路套瓷。大家都很热心指点。

车夫开始要钱了，给了又要，不走；藏人小伙们帮着把他打发走了，还告诉诗戈说不能心太软。詹妮特笑盈盈地看着这一切，不说话。

旅馆的前台接待是个叫达娃的女孩，胖胖的，一幅欢快喜悦的神情："能看见耶木拿河的房间没问题，可是晚上看不见什么东西。"就在她办手续拿钥匙的时候，诗戈已经闻到前台对面的餐厅里飘来红烧里脊的香味。印度教人不怎么吃肉，肉香使得诗戈食指大动。詹妮特也看出来了，她说自己是素食者，晚上就在自己房间吃点红糖之类的，还要给自己的朋友圈子写游记，就不下来了。

"我会把你写进去。"她笑着说。

"要尖锐批判性的，不要客气。"

干净的房间，还有卫生间，比那些十几个人一个房间的好多了，而且也就稍微贵一点，人民币五十元不到。诗戈冲了个澡就下楼到餐厅和人聊天。几个从青海、四川出来的藏族女孩子，都是官员家庭出身，穿着长袖、牛仔裤，长得很体面：天庭饱满，皮肤也水灵滋润，个个天真质朴的神情。年轻人都很活泼，很容易交上朋友。她们的父母喜欢把男孩送去国内民族学院什么的。另外还有穿着袈裟，气质慈祥的老僧人。

还有一个姑娘自己坐在角落的一张桌子旁边，穿着校运动队的 T 恤，东张西望，气质完全不一样，应该是本地的学生。诗戈前去搭讪的时候，正好一个精瘦的小伙子也走进来，和她打招呼，于是三个一起坐下吃晚饭。

索妮娅和尼多两个人是中学同学。索妮娅考上德里大学英语系，尼多中学毕业就工作了，这次是出差到德里，顺便看望老同学。走南闯北的人见闻多，尼多讲着讲着，就谈到印度人对他们的歧视。

“索妮娅她爸爸是邦的部长，在社会上层；教育她的都是世俗政府、政教分离那一套。穷贱的印度教众，要歧视她们都没有门；她是忠于印度的，可是我们普通老百姓就不一样，不得不挣扎在歧视中间。”

索妮娅没有反驳尼多。他们谈起一些中学时光的温馨往事。还有各个同学的下落和现状。诗戈觉得尼多的英语真是不错。

吃完晚饭，诗戈去问达娃附近有什么地方可以逛逛的，达娃拿出一张地图，用笔划出旁边商业街的地点；说都还安全，不过提到一些游民的时候，脸上露出鄙夷的神情。

诗戈按照她的指点，走出两个街口，看见昏暗的路灯下，街边很多的像民工一样的青年男性，三五成群，或站，或蹲坐在任何方便坐下的地方。神情沮丧，偶尔互相交谈。街边店铺一般也兼住家，有的还开着门。里面的本地人，听到诗戈询问关于这些游民的事，都摇头叹口气，不愿意多说。

诗戈拉开窗帘，看到了后院河滩上的各色经幡，被草木不完全覆盖，黄绿斑驳岸边斜坡，延伸到水中的萋苈沙洲，似乎像尸体一样被遗弃的工程设备；再远，就是清晨雾气中半掩半露的耶木拿河，仿佛一个人的脸庞戴着面纱又被掀起一角。她沉静，宽广，水量充盈，徐徐而下，波澜不惊。

# 第六章
# 元　旦

中午在食堂里，诗戈端着打好的饭菜走向就餐区，老远就看见达雅向他招手。坐下后。达雅就把黛维介绍给诗戈："黛维是我们部门新来的实习生。我们以前就认识，她妈妈是我以前工厂的同事。"

"你这一趟怎么样？我们两个都没有去过印度，想听你讲故事。"达雅说道。

"很好啊，要是能不回来就更好了。不过那里的姑娘可没有你们漂亮。"

这话不完全是恭维。营养是一个因素。诗戈觉得黛维的肤色不如达雅那样纯深色显得自然健康，而是像浅肤色被晒黑的样子。但是浓黑的头发一直到腰间，眉宇间有一种从容慵懒的气质，和青春活泼的达雅不同。

“肯定休息好了吗？你的好像有些疲惫。”黛维轻声问道。

出差回来，诗戈才知道奶奶已经去世了，是糖尿病引发的多个器官功能衰竭。

“看到你的兴致不高，又说不是旅途劳累的原因，我已经猜到是这类事情了。”黛维和诗戈并排站在海滨公园里，看着棕榈落日，山岛，斑斓的云彩，波光粼粼的海面上徐徐驶过的货轮和油轮。油轮往往漆成两色，下红上白。

“所以你开车带我来这里？”诗戈扭过头来看着黛维。她的个子比达雅高，穿着李维斯水磨牛仔裤，身材匀称好看。

“嗯，我想你也许心里会好受一些。”黛维的上眼皮垂

下来，没有迎接对方的直视。

“感受复杂。也许对老人也是一种解脱吧。”

在剧烈变迁的时代中，老人最难得幸福晚年。黛维也说起自己对于祖父母的回忆。她在本地出生，父母都是泰米尔纳德邦来的移民，不过母语是特鲁古语。妈妈在一家厂里做普通操作员，爸爸有自己的生意，一个哥哥在苏格兰读书。

两代人都在传统和现实间挣扎。诗戈想起蒂娜的话，“我们需要找到自己的生活和道路。没有人能指给我们。”

“谢谢。只有你这样的女孩，才有这么细腻敏感的心思。”

“你是说华人女孩骄傲？难道你想做一个印度人？”

“和什么人没什么关系。我们华人有一句谚语：高贵者最愚蠢，卑贱者最聪明。”

周末诗戈去打排球的时候，听到帕特里克说起鲍里斯的事情。他两个月前因为咳嗽太厉害止不住，去看病被确诊肺小细胞癌，因为手术后虚弱，两个星期没有露面了。

诗戈不奇怪巴努没有早告诉自己：他很少说这些消极的东西，只是在摇曳的油灯的光亮中，默默地看那些印度的黑白电影。

“他烟吸得太狠，应该定期体检。”妮佳说。

“可惜鲍里斯不是那样的人。他从来不会去体检。”巴

努黯然地说。他也不是那样的人。讳疾忌医是男人本色。

这已经是新年前的最后一个周末兼圣诞。准备去小岛过元旦的人都来了。有帕特里克的女儿简和他的男朋友戴维。莉娜也带着两个孩子回来过元旦，还带来了她的外甥迪克。

迪克个子瘦高，目光谦卑而又炯炯有神。没有上过大学，给大律师拉赫曼当文书，非常勤奋刻苦，刚刚自学考下了律师资格。跟他一起来的赛琳，是个似乎有些混血的华人女孩，个子不高，举止言语得体，微笑迷人，又圆又大的眼睛，闪闪发亮。和她搭话的时候，诗戈都有点不自在，紧紧握住自己的酒杯。

旁边没有别人的时候，赛琳突然轻声问道："你经常和这些人在一起，就只是喝酒?"顾盼生辉的目光也同时变得专注凝视。

"是。"

赛琳一下子又恢复了常态，并且和不远处的迪克目光相接。他们两人很快一起走了。

拉赫曼的儿子萨阿也来了，还打了一会排球。他个子不矮，精力非常充沛，兴致极高，穿上背心短裤，露出黝黑多毛的胸和长腿，又蹦又跳，大喊大叫；两边的球出界都是他一个人跑去捡回来，哪怕是落到沟底深草丛。休息的时候，他坐到诗戈旁边，大口喝着啤酒，跷起二郎腿。

"你结婚了吗?"诗戈问他。

“对不起，我们俩还不熟悉，你就问这个敏感的问题?”萨阿扭头看了诗戈一下，又转回脸去，声音突然变得很低，很痛苦。

“我道歉。”

“萨阿已经快40岁了吧。”对面的弗洛伦丝看着萨阿插话道。

“身体看上去真年轻。”

“但是他的眼睛很老，比岁数还老。”弗洛伦丝旁边的艾奥拉，盯着萨阿的眼睛。

喝完一扎啤酒，萨阿又上场打球了。诗戈留下了来休息一会。弗洛伦丝告诉他，萨阿几年前就离婚了。他不断地吸毒，一年中，待在牢里的时间比在外面的时间都多。每次他爸爸总是尽量尽快把他保释出来。

只有持南非护照的戴维和中国护照的诗戈需要去印尼的签证。他俩约好一起去印尼使馆。

诗戈对南非人的印象不错。他第一次去悉尼出差，在机场候机的时候，觉得旁边的白人女人一个个眼神和语气都很傲慢。说话好像故意口音很重，让人听不太懂的那种感觉。只有一个带孩子的中年女性非常谦卑和蔼，结果一问是开普敦来去阿德莱德看亲戚的。弗洛伦丝说自己的妈妈现在就住在南非。澳大利亚人傲慢她也知道。父母一起去珀斯旅游的时候，在入境处人家把她爸爸从队里叫出

来，问了几个问题，然后警告老头说你要明白自己是来旅游的，可不能试图找工作居留不走。

戴维也是很谦卑内向的人。高高壮壮的，而且是那种像电影明星一样阳光型的特别英俊的脸孔，但是这样说从气质上感觉不是很贴切。好像世界上没有什么“阳光型”的南非白人，就像辛亥革命后没有什么阳光型的八旗子弟一样。

戴维的爸爸是矿业城镇的工程师，布尔人，也就是荷兰后裔。妈妈却是开普敦的英国人。爸爸英语讲的都不是很好，也不想讲好，因为那是征服者的语言；妈妈知道他们这种带土腥味的脾气，也就将就了。布尔人性格耿直，政治、商业资源还有语言能力都不如英国人，主要在国营机关工矿企业从事中层技术工作，靠白人选票政治保障自己的利益。

但是革命却让布尔人再次被英国人出卖。人数众多的黑人有了选举权，就意味着他们的末日来临。位置都被黑人取代，再也没有任何指望。爸爸把他带到荷兰，想让他找到自己的文化和历史的根，但是那里没有什么工作机会。还是妈妈在葡萄牙的波尔图找了份英语教师的工作，让他在那里的英国学校长大。简是他在英国学校的校友，典型的清纯女生，金发碧眼，苗条高挑，浓密的头发。总是睁着大眼睛，看什么都新鲜，像只小猫，尤其喜欢巴努的别墅。两人这年夏天一起在伦敦上大学，年末一起飞来看望简的父母。

妮佳就对南非不感兴趣。治安强奸案件让她敬而远之，对黑人兴趣也不大。上半年去佛罗里达奥兰多看望大女儿，顺便会见一个网友，黑人律师。对方的照片误导性很强，妮佳在机场看见又黑又胖，西服领带，手持鲜花的接机人，直接就说："你不会有机会的，别浪费时间了。"

现在她身边的是新西兰基督城的绅士安德雷，大约50岁。妮佳非常满意这个风度翩翩，一表人才的新男友，依偎在他身边，眼里闪出幸福的光芒。她请求巴努帮助男友在本地找个工作，这样两人就可以在一起。不过安德雷在当地是个自由职业的律师，工作并不好找。

克拉克的伴侣尤安娜把妮佳的情况看在眼里，心里泛起波澜。

尤安娜的父亲原来是本地最大的一家保险公司的总经理，几年前才去世。她的两个姐姐，都是银行的普通职员，按照老爸的教导，为人低调，嫁鸡随鸡，平安是福，过普通人生活就好。让他不能放心的，就是最小的宝贝女儿。尤安娜从小心气高傲虚荣，在酒吧，诗戈就看到她从来不放弃展示自己血统的机会：爷爷祖上是印度喀拉拉邦的贵族，奶奶是苏格兰世家。其实不用一再自我表述，就凭她圆规一样的身材和高傲做派，也不会有人怀疑她的高贵出身。

父亲死前做好准备，让家里卖掉别墅，分别购置普通组屋过百姓生活。又特别给尤安娜在公司安排了一个行政职位，嘱咐她这个位置压力不大，收入小康，有医疗保险。只要不参与政治斗争，人家看在他面子上，不会动她，可以一辈子衣食无忧。

事实证明，老爸的安排不是没有预见性的，因为他死后不久，尤安娜的婚姻就出了问题，留下一个7岁的女儿。

正当她难受的时候，有朋友跟她说：散散心吧。有人想见你一面，某日，在你偶尔去的那个酒吧，可以吗？

当尤安娜来到那里的时候，克拉克已经在等着她，手里捧着一束鲜花。但是尤安娜并不认识他。克拉克对她说，十六年前，他在去香港的路上，在这里停留一晚。就在这家酒吧，第一次看见还是少女的尤安娜，惊为天人。没有机会介绍相识交谈，只是把她的形象记在脑海里。那时候他已经有了妻室。

后来，他的家庭解体了，妻子回了英国，自己到了这里工作，就常去那个酒吧消磨，但是从来没有碰上原先那个姑娘。直到前不久，尤安娜离婚后和朋友去散心，正好克拉克也在那里，一眼就认出了她。这时候他已经和周围很熟，很容易打听出她的情况，能够绕着圈子托人介绍约会。

“然后呢？”诗戈轻声问。

“从那以后啊，我们就在一起了。”尤安娜的脸上现出甜甜的微笑。

终于到了元旦。

从渡轮上下来到小岛海滩小道的时候，尤安娜两手空空，迈开两条长腿，昂首阔步走在前面，斯里兰卡女佣提着小包跟在一步以后，克拉克肩扛手提四个大包，吭哧吭哧，落在后面。

巴努看到了这个有趣的画面，打趣说这是对百年亚洲殖民历史和秩序的一种反动。诗戈感叹：贵族就是贵族，不过就是一个周末，要这么多行头啊。

小岛休闲胜地无非就是自助的晚宴，各种表演。酒精、泳池、温泉、沙滩、海水、椰树，还有吊床和高脚屋旅馆。让人意兴阑珊。不过孩子们很兴奋。艾拉还带来几个同学表演谜语之类的节目。她自己是大方又腼腆，和身旁的好友，戴眼镜的瘦小华人女生辛西娅形成鲜明对照。辛西娅激动的时候不但会叫，还会跳起来，轻盈的身体在空中转身 360 度，双腿一起落地的时候，脸还是对着观众。

萨阿和刚认识不久的德国女博士后还在泳池里嬉戏。诗戈向莉娜问起迪克怎么没有来。原来是赛琳直接就和迪克说分手了。人家是驻外大使的千金，大概是觉得他居然

把自己带进一群不知上进的酒鬼圈子，真是荒唐透顶。

好在莉娜还是带来了新朋友——茗礼的妹妹茗言一家人。茗言和姐姐完全是相反的两个人：戴着眼镜，身材微胖，衣着普通而保守，寡言少语。好在她的老公奈德非常健谈，滔滔不绝，说妻子非常有才华，英语很好，在澳大利亚当杂志编辑，能干得很。公司非常倚重她，经常不去坐班，在家里用电邮办公。

奈德自己是个赛马按摩师，快60岁了，中等偏高，典型的牛仔体质，骨架魁梧而没有一点脂肪，尤其是双手巨大有力。他是那种入世极深的人，世事洞明，人情练达。可以在一群各种背景年龄的人中间从早到晚不停地站着大声聊天，却不会说错一句话，得罪任何一个人。

“茗礼？她还好，像往常一样不停地抱怨。当然，这只是她的表达方式而已。对生活她比我更积极健康。”

他们的独生女儿乔伊斯才两岁，又白又壮，一头金色卷发，大圆眼睛，脸型和穿的连衣裙都和诗戈小时候常见的女孩子抱着的洋娃娃一模一样。奈德对诗戈说，你要负责教乔伊斯中文啊。

“她妈妈不是中文很好吗？”

“还是比不上你啊。”

乔伊斯似乎不喜欢诗戈，没有回应他的招呼。但是一点也不怕，只是瞪着大眼睛看他。还用自己胖胖的小手使劲握诗戈伸过来的手指，力气真不小。

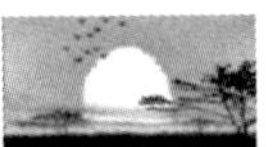


帕特里克是本地国际学校的电脑课教师老师，除了人长得体面，也比较诚恳，和奈德谈得比较投机。他说自己才十来岁的时候，就完全知道这辈子想要干什么，那就是要看世界。做教师，这里待几年，那里混一阵，假期又多，每到一地就把周围玩个够，是最理想的职业。比家乡温德米尔湖旁边的湖边小镇那是强多了。

奈德听到这个名字，扬起眉毛，问了下去："你家里是那里的土著?"

"很多代了。"

"当地以前有个×××子爵吗?"

帕特里克想了一下："有。我家祖上给爵爷当过管家。我都快不记得了，你去过那里?"

"我从来没有到过欧洲。你家祖上姓氏可是××××?"

"这正是我的姓氏。"帕特里克更奇怪了。

奈德兴奋起来："这是我家代代相传的家族史啊!"

奈德家里也听说过那个英联邦国家讽刺澳大利亚人傲慢的段子，有时自己也对别人讲：一个人在进入澳大利亚的时候，被入境处官员询问有无犯罪历史的问题，非常吃惊和沮丧，只好回答说"我知道历史上只有罪犯被英王放逐到这里。但是真的不知道现在还是这样。"

不过他一直努力纠正说也不是每个早期移民都是罪犯。他的祖上是英格兰湖区一个普通马车匠的小儿子。有一次爵爷有紧急要务路过他家的时候，马车坏在路边。管家知道这个小伙子虽然还没出师，但是已经从老爹那里学得好手艺，就介绍给爵爷，让他动手很快修好了马车。爵爷非常高兴，赏给了小伙子一些金镑。小伙子喜出望外，想了很久，觉得马车匠的小儿子，一辈子待在家乡能有什么出息，连继承父亲生意的机会都没有。澳洲是放逐罪犯的蛮荒之地，在那里应该没有那么强的社会等级，说不定别有一番天地。结果就用这钱买了去澳洲的船票，并在那里落地生根。

他告诉子女，这是自己人生最大的转折，管家和爵爷是自己的大恩人。这个故事就代代相传下来。

"世界真是太小了。没有想到二百年后，双方的后人在这里遇见。而管家的后代也成了远航世界的旅游者。"

也不是每个人都像奈德一样能说会道。除了艾拉、杰森姐弟和菲律宾女佣玛丽，本杰明和萧娜夫妇还带来了公司的越南同事特朗，给大家作了介绍。特朗是一个个子矮矮，有点秃顶的中年男人，穿着衬衫，显得有点过于正式。精瘦，小眼睛，神情谨慎诚恳。似乎每听到一句话，都要在脑力里认真翻译和领会，然后再经过翻译，用浓重越南口音的英语一字一字地给出严肃准确的答案。

本杰明很看重特朗，专门对诗戈说，好好向他学习。他去胡志明市商务考察的时候，特朗是当地公司派的临时司机和向导；因为表现出色得到信任，被提拔到正式的职位。这次元旦让他来地区总部看看。特朗是属于战争年代的人，快50岁了，打好几份工，还在自学英语和国际商务学位。口袋里总是装着一个本本，上面很多问题。一有机会就掏出来，向别人问某个名词的意义到底是什么。建筑低矮的胡志明市的生活，既有安逸懒散的南方传统，又有街道上重庆产摩托车流体现的繁华、无序和勤奋。本杰明问他为什么这个岁数还要学习，特朗说自己条件好啊。其他退伍军人很多缺胳膊少腿，有坐在轮椅上，不方便，有的脑子也有后遗症，学习文化很费劲，但是都在不懈努力。他四肢健全，更没有理由不珍惜迟来的和平，努力上进。有钱了，可以娶到胡志明市的女孩子，那就是人生奋斗成功的标志。

“你是什么兵种，上过战场，杀过人吗?”诗戈禁不住问道。一出口就感到其他人脸色有点不自然。

“我本来是坦克兵，驻在北部，面对中国，一直没仗打。后来调到柬埔寨了，那里就当步兵用了。我们没有那么多坦克。打死过不少红色高棉，都是近距离交火的时候扫倒的，死伤也没有具体的数目。”特朗的语气到很平静。

“自己没有受伤？运气不错啊。”

“受伤8次，其中3次重伤。”特朗停顿了一下，似乎不知道应不应该解开衬衫显露伤疤。然后又加上一句：“重伤都是督战的军官从背后打的枪伤。”

奈德也在越南打过仗。那时候他还是懵懂的青年人，和战友一起被投入陌生的环境：亚热带、亚洲面孔、丛林、村庄、流血、杀戮、死亡。回到澳大利亚的时候，迎接他们的是怒涛一样的反战示威人群。

“看这些杀人犯!”路边人群呼喊口号，投过来大小石块。

士兵们乘坐的，类似于现在的公共汽车，但是窗户没有玻璃，无处躲避。只能抱着头，用背包挡住脸，让石块砸在他们的钢盔和身上。

从那之后，他与世界的交流和理解就出现严重的障碍，妻子儿女也都离他而去。

“我用了几乎整个一生来重新适应社会。”奈德感叹说。

站在旁边的山姆，越战时驾驶轰炸机，投弹也干过；现在已经从联合航空公司高管位置上退休，经营一个附属的小服务公司。不久前他去越南呆了2个月，要看看自己当年只能从飞机上向下观察轰炸目标和效果的地方和人民。当地人专注于努力工作和生活。同时不计前嫌，微笑而谦卑地迎接他。

“伟大的人民。伟大的国家。无限光辉的未来。”山姆对诗戈发出感叹的时候，特朗并不在旁边。酒桌上一片狼藉。

夜深的时候很多人还没有回屋，而是带着小凳子和有电池的录音机，来到海边的树林边的沙滩上。面朝大洋，背后的山岛挡住城市的灯火，四周一片黑暗中涛声阵阵。只有天上的星辰格外地亮，得见久违的星光漫漶的银河。

尤安娜经常嘴上没有遮拦，从来不掩饰自己不是省油的灯，公开鄙夷其他女人的出身、仪态、举止。“贱”是她的口头禅，把一些女人伤害得够呛。另外对男人们的也不是特别客气，经常说，我怎么也不能想象自己会和你们这群家伙混在一起。

但是在这一刻，她坦率地说：我原来的生活彻底失败了。人要从自己的过去中走出来，在生活中体验学习。和粗人在一起，真诚，自我。

从度假的小岛回来，诗戈打开电脑，察看并回复电子邮箱里积压的信件。

给颖君的电邮里，他只是描写自己的印度见闻，一直没有提家里发生的事情。只是说自己觉得对生活的观感有了变化，也许生活也会因此不同。希望颖君也是如此。

在美国读书时认识的房客泰德，一直在通过电邮讲述他的故事。这一次婚姻中，对方——叶列娜又是一位俄罗斯来的女科学家。不过他刚刚发现这个叶列娜是个喜欢热闹 Party 的人。晚上两人在一起的时候对方也很勉强。这使他心里感到不安。

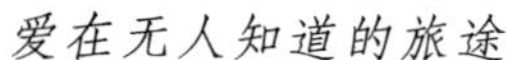

索妮娅一直很热情地回复邮件，并讲述自己家乡的故事。蒙古人种被印度教看不起，认为是山野人；如果进入印度教文化体系，只能是贱民。所以他们一般都拥抱了外来的基督教，当然也是随便信信。到了德里上大学，不断受到歧视和欺侮，自己内心也很矛盾；常常都不知道自己是不是应该听爸爸的话，坚持树立印度人认同。有时晚上做噩梦醒来，自己哭，想起爸爸的一贯嘱咐，又恨爸爸。

中午他已经约好了等乔安下班后请她去看看电影。到了小超市，正赶上她在和马来妇女交接，诗戈就出来坐在店外小区的长椅上等着。

乔安是来自仰光小康家庭的女孩，性情温婉。当诗戈问她是华人还是缅人，她回答“华人”的时候，只是含着酒窝笑了一下，露出有点过大的虎牙。做体力活的缅人皮肤能有这么白皙细腻的吗？他们和华人的差别太明显了，就像黑人和白人一样。

不过她不会说汉语，只会写自己的名字：邓美姝。这三个字她写得很好，有书法的韵味。但是诗戈还是只能叫她乔安，而且她的英语也很糟糕，说不成句子。

在仰光大学，她学的是物理。容貌姣好的理科女生，在校园很吃香，可是毕业后就没有什么像样的工作机会了。她嫁了一个商人，生了一个女儿，衣食无忧；不过和老公本来就没有什么共同语言，又加上商人重利轻别离，精神很寂寞，就和贸易公司驻仰光的上海人张靖华相恋了。

张是都市文化中浸淫长大的人，心思细腻，让她神魂颠倒。不过后来他调回上海，和她的联系渐少，最后就没有了音信。

乔安跟老公说自己要出国读一个物理硕士，回来可以找一个更好的教师工作。出国的时候被政府扒一层皮，护照费就是一笔不小的开支。虽然在家乡是小康人家，不过换成这边的钱就不够了，还是要打工。

乔安想让诗戈帮忙，在上海打听一下，张是不是搬家了。

“上海有一千多万人，只知道一个名字，到哪里找？你的地址变了吗？他要是在乎你，搬家会不告诉你新地址？”诗戈很不耐烦。

“他，也许不知道，我真的……很想他。”

“你有老公孩子，还出轨到这样。”

“我控制不住。”

诗戈猛地把乔安抱住，狠狠地亲了她脸一下。放开的时候，乔安脸上被吻过的部分皮肤都发红了。

“啊，你这是干什么?!”她又惊慌又气恼。

“我也控制不住。”

下午回来的时候，乔安说要去组屋下面的公共活动场所学英语。就在地面一层的水泥桌椅，没有围墙和黑板。有五六个人在等着，肤色各异，居然小燕也在里面。

小燕看上去比以前开朗些了，不再是带着明显的委屈、陌生、怀疑的那种感觉。她还告诉诗戈说老师是男女一对欧洲来的传教者，带着大家读《圣经》，英语没有本地口音。昊明有时间的时候也来听。他们现在已经有了绿卡，小燕自己教中文，学生也多了，经济上宽裕了不少，准备交首付买组屋了。

“教中文这个工作确实不错，也不影响生孩子。”诗戈看出小燕和乔安并不认识，就给她俩互相介绍了一下。

“你要学中文的话，就找小燕吧。”诗戈对乔安说。

小燕笑着回应，但是眼睛看着两人的神色有些奇怪。诗戈觉得从她的变化感觉到一些积极的东西。以后有机会应该向她解释一下，也许她有还是单身的闺密什么的可以介绍给自己。

这个时候老师已经来了。两人都是大概四十岁的样子。男的白人秃顶，胖胖的，很结实，叫约瑟夫。穿着也很朴素，就是灰色衬衫和牛仔裤。女的叫玛丽，身材消瘦修长，衣着体面，脸庞特征像是个阿拉伯女性，皮肤浅黄，但是有点粗糙。

因为和这些学生们不能很好交流，工作就比较枯燥，所以他俩看见诗戈很高兴。不但先聊了好一会，在开始读旧约之后，也是边讲边和诗戈交谈，希望同时能影响带动其他人。

他们俩不属于本地的任何教会。约瑟夫是巴黎的一个厨师，没有受过很多教育，但是他的英语讲得比任何一个英国教师都委婉动听，嗓音和语调有着女性的平稳、细腻和柔和。玛丽则正好相反，脾气急躁，语调粗鲁，对学生们的英语能力和迟迟不肯皈依很不耐烦，只是对诗戈还算客气。

小燕有点怯生生地想问个关于创世纪和现今常识矛盾的问题，诗戈替她讲出整个问句，并且继续和约瑟夫探讨下去。

约瑟夫认真地抵挡了两下，就沮丧地摊开双手说自己文化水平不高，真的不适合回答这些问题。他刚刚提供的解释，也是高学历的人告诉他的，他并不真懂，只是人云亦云。不过这并不影响自己的虔诚。

这样就顺势转到当前糜烂社会的现实和个人的苦楚，这是他们更擅长的传教途径。约瑟夫自己是个厨师，做过很多不同的体力工作，包括清洁高楼的窗户。曾经面临各种危险，出过事故。说到这里，他和玛丽对视了一下，玛丽不禁抓住他的手。

“至于玛丽，”约瑟夫又和女伴对视了一下，“她的生活更加不幸。”

“是啊，除了主，人一无所有。你们不要浪费时间了。

看看我吧。”

玛丽出身本地屈指可数的显赫家族。在伦敦长大受教育，完成门当户对的婚姻，然后作为总经理，经营家族的一个服装生意，业务遍及世界各地。从小娇生惯养的千金，变成心高气傲的商界女强人。

但是大儿子十岁多的时候，被诊断出得了一种怪病，会慢慢发展变成白痴，植物人，最后死去，没有任何治疗方法。现在他二十四岁，已经失去生活自理能力。

“你知道吗？这个国家法律不允许成年人拥有双重国籍，孩子到了 18 岁必须自己做出抉择。比如我就只好选了英国护照。只有我儿子例外。我哥哥是英皇大律师，他在法庭挑战威权政府，争辩说我儿子 18 岁的时候已经没有民事能力，不能做出抉择；我们打赢了官司，保留了我儿子原有的本国和英国双重国籍。”

医生曾经说她们的小儿子不一定会发展出哥哥的那个病症。不幸的是，长期地忧虑，日夜地祷告并未带来好运。小儿子也确诊了，只是病情发展得比哥哥晚和慢而已，现在他 19 岁，还是非常优秀的大学法律系三年级学生。

玛丽几乎和自己的过去的一切，婚姻、家庭、宗教和事业，都一一熔断，从亲友的视野里失踪了一段时间。再次出现的时候，她已经皈依基督，和结识的蓝领约瑟夫一起传教。她并未应和约瑟夫说的资本主义对人的异化那些东西，只是不断反省说自己年轻时的张扬骄狂招致了噩运。

从这一切不幸还没有开始的时候，离经叛道的玛丽就已经给作为宗教社区领袖的父亲带来麻烦。现在她放弃原有信仰和异教男人奔走传教，更招来死亡威胁。父亲被迫断绝了父女关系。

“我的生命中还有什么畏惧？就是被杀掉，我又有什么可以抱怨的？”

元旦之后的第二个周末。排球运动完毕之后，帝国酒吧的陈太太不在，一个人独立支撑的陈先生和一个微醉的顾客发生口角。由于气氛不对，大家就到了不远处另外一个比较偏僻的“摩托酒吧”娱乐。里面有不少皮肤黝黑的马来人。

第一次参加排球活动的奈德还是手里拿着酒杯，站着和本杰明、山姆聊天。茗言和乔伊斯都没有见到。

“你看看这杯啤酒，喝了一口，杯口没有留下一圈沫子吧。在我家那个小镇，你拿着这个酒杯去找酒吧老板，他就得给你另换一杯不兑水的。”奈德大声说。

在和商务人士在一起，话题就难免倾向保守。

“有人享受发达商业社会的规范、成熟和保障，却幻想欠发达地区更仁慈有同情心，那真是太天真了。”联航的山姆说。

“就是啊。就说我们赛马按摩这行吧，是要在人身上有 10 年的按摩经验，才能上手给马做。如果佛祖说的轮回是真的，这世界上最坏的人下辈子就会去投胎到泰国去当赛马。”奈德说。

赛马不断参加训练和比赛，受的伤特别多。疼得趴在那里，连哼都哼不出来。为了让它们能站起来继续训练比赛，人们给受伤的赛马不断注射止疼剂，马的身体因此对药物产生耐受，原来的浓度和剂量效果不行了，就只好不断增加浓度。在有规范的地方，这种行为是有限度的。但是在东南亚的很多地方，浓度往往高到可以轻易杀死一头没有耐受的大象。

奈德在泰国的一个朋友，给一匹受伤卧倒不起的赛马注射这样的止疼剂的时候，马突然抽搐了一下，针管扎到马医自己手上，使他当场毙命。这也是奈德离开泰国，宁愿回来给人做按摩谋生的理由之一。当然还有其他的更主要的原因。赛马按摩师经常受不了金钱诱惑，或者威胁，透露一些赛马的状况给赌马的人；被人知道了，自己就不再安全。

在一边的角落里，萧娜问诗戈元旦玩得怎么样。

“很开心，换了一个环境，认识一些有趣的人。我喜欢听人讲自己的故事。”

萧娜也讲了自己和本杰明在利兹大学认识相爱结婚的往事。她当初如何爱上这个来自远东，皮肤黝黑，一心想当飞行员报效国家的小伙子，不远万里跟他来到这里生活，生儿育女。本杰明没能加入空军，却成了大公司高管。

“在利兹的时候一定很浪漫。”

“是啊，非常浪漫，甜美。”萧娜的眼睛绽放光芒。

“你觉得我们家的艾拉怎么样?”她转了话题。

“好啊，又美丽又善良懂事的女孩子，谁不喜欢。”

“那以后你可以多跟她在一起啊。”

没过一会，本杰明和萧娜就告辞走了。这个时候，巴努的一个熟人约翰走进了酒吧，旁边还跟着一个围着头巾的马来妇女。威廉是英国商人，秃顶，矮小，偶尔到帝国酒吧喝酒，但是从来不打排球，也很少和弗洛伦丝还有艾奥拉她们聊天。

他和巴努、诗戈打了招呼，说自己今天刚从曼谷回来，就带了玫瑰（Rose）出来，逛街吃完晚饭后来了这里。然后他就去吧台要酒了。

巴努低声告诉诗戈，威廉这家伙不老实：昨天晚上还在另一个酒吧看见他，当时和另一个女人在一起。

诗戈看见玫瑰，觉得呼吸都要停止了。虽然包裹着深色带花布头巾，从体态看也没有年轻人那种挺拔青春的活力了，但却格外纤巧，轻盈；露出的瘦削的脸上，五官精巧，眼睛不大，皮肤细腻，倒是很像华人的样子。还是巴努先和她聊上，又把诗戈叫过去介绍给玫瑰。

玫瑰不喝啤酒，说自己呆一下就要先走。诗戈给她又拿了一杯混合果汁。

“你是做什么工作的，气质这么迷人?”

“商场售货员。”玫瑰说话柔声细气。

“觉得这里怎么样?”

“我几乎从来不来这种地方。还挺新鲜。你呢?”玫瑰反问。

“我就是和朋友一起混混。这地方男多女少，对我没什么意思。”

“你是要找女朋友？什么样的?”

“就是你这样的。”

玫瑰不知道从哪里掏出纸笔，在嘈杂的环境中，记下了诗戈的电话号码，又收起来。

这个时候酒吧门口停下了一辆出租车，下来两个马来妇女，一个是玫瑰的姐姐，另一个是她朋友。两人也没有怎么和别人打招呼，玫瑰就匆匆跟她们上车走了。

诗戈看着门外的夜色和树丛，心里怀疑玫瑰她们不愿意多坐一会儿，可能和酒吧里的那伙马来男人们有关系。这时候很多人的酒意都上来了。帕特里克话也少了，几乎要栽倒。

喝酒的人喜欢这样的酒友，肯喝，喝醉了放松，露出自己的本性。有人本来没有侵略性，在生活中张牙舞爪，那是不得已，喝醉了就很平静安详。有的却正相反，平常很和善，几杯酒下肚，就开始胡说八道，骂这个骂那个。威廉就是，他和那伙马来人中的一个对眼，激怒了其他人，眼看就要打起来。

五短身材的威廉潜意识里有某种英雄情节，比如说一些电影看多了，借着酒劲就犯傻了。气氛已经如此紧张，他还端坐桌前，岿然不动，一手拿杯，一手握瓶，自斟自饮。等人家围逼上来的时候，他猛然站起，翻手握住酒瓶脖子，对桌沿往下一磕，期待一声脆响，碎片四溅，利器在手，必能威镇一伙虚张声势的酒徒。

但是电影里的西部酒馆，道具都是结实沉重的木头桌子。而自己面前这白塑料皮的廉价货，被他敲得四脚直跳瓶子还是不碎。对方稍微愣一下，一拥而上把他摁地上猛踩猛揍。帕特里克第一个冲回去要拉起威廉，也被掀翻。

酒馆打架，最怕就是栽倒。哪怕人家酒瓶子砸了你后脑勺，只要你能站住，对方都是虚胆，一吓就醒过来住手了。一旦放倒地上了，那就完了，刹那间无数只脚都踹上来。好在孔武有力的奈德还没有醉，带着大家赔着好话把己方的人一个一个往外拉出隔开。

# 第七章
# 新　年

一个周五的晚上，天还下着小雨，淅淅沥沥。

诗戈回家的时候，看见水池边门廊下几个人坐在桌边聊天。被中间的啤酒瓶和玻璃杯隔开的，是巴努和对面的两个印族男人：一个中年人穿着格子衬衫，比巴努似乎稍矮，也更瘦，胡子刮得很干净，脸上的皮肤也更细腻，风度潇洒，说话也很得体。另一个穿带领子的深色短袖衫的岁数更大些，皮肤很黑而粗糙，留着带卷的黑胡子，整个脸只有眼白和发笑时露出的牙齿是白的。

巴努向诗戈介绍说，年轻点的是他小哥库马，岁数大点的维杰是原来的老邻居。

他们三个也有日子不见了，说的都是过去的事情。巴

努和库马的爸爸还有维杰的叔叔，在“二战”中都曾经给日军服务，供应蔬菜食品什么的。父辈留下的传说是日军很勇敢，比只会咋呼的英国人强多了；但是同时也很残暴，对自己的士兵也是如此。

日军对他们的父辈还算友好。个别会点英语的，还给他们讲东亚民族要团结才能推翻白人的殖民统治的道理。只是华人因为自己的祖国被侵略的原因，一直反抗日本人，一直被屠杀。所以日本人主要信任印度人和马来人。

日本人投降的时候，把自己的破汽车还有其他一些生产工具留给了巴努和库马的爸爸。战后他就靠着这辆车做生意，过上小康生活。

巴努和库马的兄弟姐妹大都亡故了。巴努提起一周前刚刚有一个外甥女瓦妮卡从伦敦回来探亲。她老公是个商人，两人伦敦也奋斗很多年了，才搬进肯辛顿一切尔西的高尚公寓。孩子长大了，瓦妮卡轻松了些，在学习律师课程。那天在吃晚饭的时候，巴努说诗戈还是单身呢。

“你要什么样的女孩做妻子呢?”传着浅色带花衣服的瓦妮卡问。她的肤色很白，眼睛很大。

“真正的印度女孩。”

“噢。那尼尔莎和拉雅都不行了啊。她们都觉得自己是英国人。”瓦妮卡说起自己的两个女儿，看了巴努一眼。

“是啊，阿拉蒂也以美国人自居。”巴努说的是在旧金山的另一个外甥女的孩子。

“你自己觉得是英国人还是亚洲人呢?”诗戈问起瓦

妮卡。

她想一下子，回答说“都不是，就是我自己。”

这时候，有一只黑影悄悄地从草地爬到了鱼池边上，停了下来，一动不动。在昏暗的灯光下，也可以看出是一只巨蜥，僵硬地挺起头来，歪扭着，无声息地伸缩舌头。然后又迅速地走到草地上，没入黑暗之中。

“你知道么？小的时候，我爸抓到巨蜥，就把心脏当场挖出来，血呼呼一跳一跳的，让我们趁热一口吞下去，

然后绕房子跑七圈，这样以后男孩就会有精力和耐力。”巴努对诗戈说。

“必须是旱晰，水蜥就不行，吃了，人更怂。”维杰补充说。

“那个印尼园丁肯定是吃了不少。我觉得他现在都能抓住一只旱蜥。”诗戈开玩笑说。

巴努哈哈地笑了。维杰和库马却摸不着头脑。

巴努家的佣人房是独立的，远远地处在草地那边院子的角落，和隔壁别墅的佣人房紧挨在一起。巴努自己没有佣人，隔壁主人是一个欧洲来的瑞士银行的高管，需要的佣人不止一个，所以就付了一些钱，让老园丁住到这边来。人家佣人的房子其实比这边主人的房子更现代，有空调，还都是新的，诗戈参观过。不过那个精瘦的印尼老头根本不用那些东西，人都 90 岁了，还是那么健康灵便。巴努也给他一点钱，让他顺便收拾自己的院子。老园丁还有女朋友，才四十多岁。

“不公平，只有他一半年纪。”维杰说。

“公平。他有两个女友，都是四十多岁，加起来岁数正好和他差不多。”诗戈回答道。

说到这里，库马突然抬起手腕看表，说自己该走了。给父母扫墓的事情自己也参与不了，再次烦请巴努一个人负责。

库马的车引擎声远去之后，巴努和维杰对视笑了笑，各自喝了一口啤酒。这次是诗戈不解了。

巴努解释说，小哥库马也不比老园丁逊色多少。父亲的说法在他身上格外应验，当然也跟个人心思早熟有关。那时候男人很多都出外打工，留下老婆在家里寂寞难耐。如果是大家族的话，可以找小叔子什么的，肥水不流外人田，家丑不外扬。但是在移民社区，没有根深蒂固的大家族。

“从我家往左边数 7 家，右边数 8 家，一共十几家，我哥和其中 11 家的主妇都有染。”维杰是库马的哥们，劝他收敛一下，还被他笑话不讨女人喜欢。

“后来事情败露，一家的男人来找我爸算账。我爸听说儿子小小年纪就干这种丢人的事，败坏家风，气得发疯，说等库马回来就打断他的腿。他可是说到做到的人。”

“然后呢?”诗戈问。

“然后我就偷偷告诉哥哥别回家了。他听了就离家出走了，自己出去谋生，再也没有回过家。父母活着的时候都不回来，哪有什么心肠扫墓？就是随着我们那么一说而已，几乎从来没去过。”

“他现在在干什么?”诗戈又问。

“在马来西亚当道德风化警察。”巴努讥笑道，“还是那个德行，不知收敛。偷偷养了两个外室，执法犯法。”

“他转成穆斯林了?”

“没有。就算穆斯林多妻，也是要大老婆同意的啊。”

第二天早上，诗戈陪着巴努、维杰去扫墓。

皮卡车开了很久，才来到高速公路边上不远的墓园。一片荒凉，看不到其他人。实际上，热带的草旺盛而又猖獗，遮掩了很多墓碑，一眼望去，都不一定会意识到这是一片墓地。

维杰父母的墓碑好一些。巴努父母这边荒草格外地多，他也费了点劲才找到。嘴里念叨几句“这么多草啊，都快看不出了”，又沉默了，盯着看了一会。然后就弯腰拼命地除草。

在上午的骄阳下，3 人除草都出了一身大汗。休息的时候，巴努低声对诗戈说，维杰这人太老派，活在过去，有很多迷信行为，还唠叨，你别见怪啊。

之后 3 人又回到皮卡车上，用了一些洗涤剂之类的，擦洗墓碑，好让上面铭刻的文字更清晰一些。

到了要回家的时候，维杰果然开始搞怪。上车之前，一定要拿个盆装水用水冲一下自己的双脚。车子开出没多久，又让巴努停下来。然后从口袋里摸出两颗柠檬，扔到路边的草丛里。据说这样两个仪式可以保证不会把墓地的晦气带回家里。

然后他就开始诉说自己的心事：女儿出嫁了，不注意控制饮食，很胖，这样怎么能怀上孩子呢。怀不上孩子就瘦不下来。如何是好。现在年轻人真不懂事，30 多岁了，一点不着急。还老是惦记着要和老公买大点的组屋。一个妇道人家，该上心的事不上心，房子大点小点有啥关系嘛。

“明天晚上，7 点，市政厅地铁站。能去否？玫瑰。”

正在会议室开会的诗戈，突然看到公司的手机上冒出这个信息，喜出望外。

“能。”

玫瑰接着又发过来一个手机号码。

诗戈觉得手机的普及似乎就是几个月的事。最早的时候，帝国酒吧的陈先生和陈女士，总是出来喊客人接电话。这恐怕是陈先生最烦的事情，从内心里他根本就不想认识并记住这些客人的名字和脸。同时柜台上还有一个零钱盒子，方便大家换钱。没过多久，陈先生一生都没有习惯的一个职业就消失了。

诗戈适应得很慢。他对手机的感念还停留在大哥大的那个样子。公司的手机是无穷压力和紧张的来源。虽然如此，慢慢地，这个东西也开始有了私人的用途。当它响起来，屏幕发亮的时候，心里也可以有所期待。

第二天下午，诗戈专门安排了工作，让自己可以早走，回家洗澡，换身衣服。按时到车站出来一看，等人的不少，但是并没有玫瑰。

诗戈没有拨打玫瑰发来的号码，用眼神就找出了等着他的人。是玫瑰一个朋友，叫卡米姗。一眼看上去，大眼

睛，个子要高很多，穿着现代的牛仔裤和衬衫，头发向后梳，露出光滑的额头。虽然比玫瑰要年轻不少，看上去也就二十出头，也很消瘦，但是没有那种轻盈飘逸的仙气。

这里作为约会地点的好处就是方便。两人就在附近吃点东西，聊天。诗戈差点就要了非清真的东西。

卡米姗笑了，说自己有两个女儿，三岁和五岁，还不到能忍住不吃猪肉的年纪。都是她妈妈帮着看。

"我们马来人当爷爷的年纪，你们华人才当爹。"卡米姗说话的时候，总是一口一个我们马来人，你们华人。

她和玫瑰都是一个地铁站旁边商店的售货员，在卖衣服化妆品柜台，底薪不高，但是因为性格比较"健康愉快"，所以卖得不错，提成也还可以。当地这些工作一般都是找她们这样的马来人，天性乐观，容易满足，如果是华人，首先成天算计的人表露的气质顾客就不喜欢；而且华人绝不肯一辈子当伙计，一般都是很快把进货渠道，顾客群什么的搞清，就自己开业和前老板竞争了。

在一起跳舞的时候，卡米姗告诉诗戈，自己的老公，在附近的印尼一个岛上，跟一个酒吧的妓女好了很久，包下来做了外室。她一直都不知道。直到后来那个女的生了个男孩，老公才告诉她。觉得自己受了侮辱，卡米姗坚决不同意老公把二房娶进来，说有我无她，有她无我，你看着办。

"碰上我是你的福气。洋人都喜欢我们马来女人，真实坦白，情感热烈，热爱生活。"

“洋人就是嘴巴上甜，玩弄你们。”比如威廉，骗玫瑰说自己出差，其实一直在这里，跟别的女人混在一起，还说玫瑰经常伤害他。

但是从另一方面，卡米姗说的也不错。这里有多少西方人，把自己的一生积蓄，转到马来老婆一个人名下（印尼法律规定房产只能在本国公民名下），在印尼买了房子，度过余生。按照他们自己的话，这就是所谓人往高处走，那个狗屁西方世界，什么时候把男人当人了？

几天之后的一个晚上，诗戈在晚上 9 点前，到了卡米姗打工的商店，等她下班，一起去看电影。

卡米姗老公喜欢的那个吧女，阅人无数，精神世界也比较丰富。风尘中也时常有凄凉孤楚的感受，这才跟了她老公这种蓝领工薪汉子一段。但是毕竟很难交流，脾气又坏，没有给对方任何家庭温暖。他生气的时候，吧女就说我还不想在你这里待着呢，放我走，宁愿回去过我的生活，说不定找个比你强的。对儿子她也不耐烦。

虽然如此，毕竟什么都抵不过儿子。老公对卡米姗说，还是原配你对我好，但是你就不能对我再好一点，让我把儿子领回来，你也多一个姐妹，不好吗？

卡米姗连她妈的劝也不听，执意要卖了房子，离婚分割财产。还跟老公说自己已经找到意中人，叫他快点办手续好放她走。

“谢谢你喜欢我。不过，吃肉的事情……”

“你不能像小女孩子一样啊。而且，只是不当人家面公开吃是不够的，至少要有逐渐戒除的意志。我们俩的事情，我跟妈妈那边的亲戚都说了。”

“她们同意吗？”

“一半一半啦。”和很多马来人一样，卡米姗有时也说话不成整句，头尾不清楚。

“是一半人同意还是每个人都有一半同意啊？”

“一半一半啦。”

“但是老公听说你是华人，很激动，要找人揍你。我们马来男人就是不能接受你们华人搞我们马来女人。”

“我们华人从来不会把这种个体暴力放在心上。谁年轻的时候不是听到打架就跟过节一样兴奋。”诗戈说自己上小学时，就曾经拿椅子砸了老师的狗头然后跑到山里去，学校发动父母单位同事都上山才给抓回来的。

“那不是和我们马来人一样吗？”

“本来就是一样，人不分什么种族，主要是穷人和富人不一样。穷人互相打架有什么出息，大家要合起来，搞有钱人还差不多。”

卡米姗可是不喜欢任何打架，也不想搞什么有钱人。她觉得自己的华人老板就对她们挺好啊。不过诗戈说的也有道理，马来人其实也有很多华人的血液的。华人到南洋，多数是投靠亲戚，挣了钱也要回中国的，不和马来人在一起。但是也有不少没有发得了财，回去脸上没有光，娶不起老婆，就娶了马来女人，再也不回去了。其他的阿拉伯人、波斯人，还有葡萄牙人，都是这样融入马来人的。

“你是不是也是要这样啊？”卡米姗看着对方。

诗戈又想起了蒂娜。她来过几个电话，自己都说没有时间，也就没有联系了。蒂娜性格温柔，但是心却很大，她努力的是要摆脱自己的族群的传统。而和卡米姗一起，他就要进入一个繁杂而沉重的网络。

这个周五的晚上，尤安娜和克拉克在他们新买的公寓下面里请大家吃烧烤。开始之后不久，尤安娜的姐姐带着三个女儿也来了。她的姐姐也在银行作普通职员，身材已经发胖，为人和蔼。

看到尤安娜的三个外甥女，诗戈觉得好像遭受雷击一样，嘴边的火鸡腿都掉了。估计别人也是一样，整个晚上都不动声色，也不好意思凑过去搭话，但是心里扑扑直跳。

年纪最长的姑娘明显是个领养的华族。她身材面貌和两个妹妹的不同，却非常亲切迷人。另外两个都是她们家族遗传的细高身材。其中姐姐稍微丰满成熟一些。小妹最高，完全是衣服架子，外加一副烂漫无邪的神情。

“你觉得谁最吸引人啊？”诗戈悄悄问身边的妮佳。她的男友已经回新西兰了。

“大女儿，那个领养的华人姑娘。你觉得呢?”

“说不清楚。真是难以相信，她家是美人窝。”

这个时候，尤安娜的姐姐一家人已经转身走掉。诗戈迫不及待地走到尤安娜面前：“你的外甥女们可是真漂亮啊，可不可以介绍给我一个呀?”

尤安娜听了，连回话都没有，一转身迈开长腿，快走几步就追上了正在走开的姐姐一家。听不见她们说什么，但是一下子，四个人一齐都转过身过来，看着诗戈，让他一时间恨不得找个地缝钻进去。

等她们又转身走了，尤安娜回来问：“你喜欢哪一个?”

“都很美啊，中间的是二小姐吧?”

尤安娜一下子显得非常高兴：“你真有眼光，罗莎琳是个好姑娘，她在律师行当秘书，晚上做业余时装模特，非常善良有同情心。我去给你说说，看她愿不愿意认识你。”

“怎么样，有戏吗?”诗戈回来后，妮佳笑着问。

“不知道。”

“第一次看见你这么冲动，男人真是好色的动物。”

“确实如此。无法隐瞒。”

妮佳笑了。她说自己离婚的老公也是个大律师，大家都知道的社会名流。当然这是外面的形象，内里就是另一个面目。

很多年前，妮佳的姐姐宣布自己找了一个很有上进心的优秀年轻人作未婚夫，还把他带到一个聚会上。优秀年轻人和妮佳第一次见面，两双眼睛一对，她姐姐的命运就决定了，从拥有一个上进的优秀未婚夫到失去一个上进的优秀未婚夫。

妮佳和姐姐的前男友很快结婚，生了两个女儿。慢慢地，有上进心的优秀年轻人变成了大律师。不过成功的代价也不小：工作压力大了，开始回家揍老婆出气，频率越来越高，力度越来越狠，打得她哇哇直叫，遍体鳞伤。最后发展到买来解剖学的书籍和整套刀具，开始研究如何分解老婆的身体。妮佳眼看势头不对，赶紧离婚。

“别担心，马上你还有好事。知道么?”妮佳问诗戈。

“什么意思？你还是你女儿看上我了?”

“巴努没告诉你么？明天你也去本杰明家吧?”

第二天晚上，本杰明公寓的聚会。本来的原因是庆祝本杰明内定被提拔负责公司在欧洲的业务，不久就要离开这里就任新职。

艾拉在门口张开双臂迎接大家。在拥抱轻吻的时候，诗戈觉得她的眼神有点特别。妮佳也在场，悄悄告诉他：“巴努和萧娜准备好要向本杰明提出替你和艾拉订婚了。”

那天艾拉的爷爷和外婆都在。本杰明本来很高兴，但是一提到女儿的问题，马上就变得不安。他用严厉而怀疑的目光看着诗戈，劈头问了一句：“我怎么能把艾拉就许给你？你在银行有一百万吗？”

诗戈吓了一跳，毕竟从来没有想过结婚的事情，而且艾拉才 14 岁。巴努看见他的窘迫，赶紧在旁边说：“年轻人哪有什么一百万，但是我有钱嘛。”然后说诗戈是个很腼腆上进的青年，无不良嗜好。

本杰明的脸色缓和的一些。开始语重心长地向诗戈灌输自己的人生哲学：男人要努力工作。它不光是能挣钱养家，而且是命运给男人的舞台。人只有一生一世，要认真完成自己的角色，尽善尽美，才没有缺憾。

他自己在利兹大学读书的时候，打的第一份工吊儿郎当，老板开他的时候，给他讲了这番话。他牢牢记住，以后对所有的工作都兢兢业业，再也没有犯过同样的错误。结果毕业后在英国的头一份正式工作，上班第一个星期五，工会的人就找他谈话：我们注意到你下班不回家，天天加班，这不是跟我们作对吗？找死啊你。总之，只有亚洲这样没有工会的地方，才能让人的一生不虚度。

“你在那个公司也就是个外人，没进入内部小圈子，再怎么拼命干也没戏。不如加入我们公司，前途包在我身上。”

诗戈听得直想打哈欠。什么前途，人的前途不就是死么？这个世界上，男的不把老婆卖掉换钱吸毒赌博就算正派了。好男人，无非就是自己有两碗饭就和老婆一人一碗，有一碗饭就和老婆一人半碗，都饿不死，就行。如果实在不够，总不能眼睁睁饿死一个，就只能卖老婆。卖的时候稍微考虑一下买家的情况，人好不好，而不是简单数钱，谁出的最多就给谁，就算是有良心了。

萧娜的妈妈戴着老花镜，非常和蔼。她从欧洲飞过来看望女儿一家。因为和大家不是太熟，身体也不是太好，所以没有到客厅来，而是待在一个房间里，和萧娜还有艾拉在一起，请诗戈吃冰激凌。

萧娜告诉诗戈，本杰明年轻的时候梦想是参加马来西亚空军，但是没选上，然后才学机械的。工业化落后的国家，总觉得造出东西来是最了不起的事情，所以崇尚理工。到了社会上，才明白人家学市场，管理什么的才有前途。现在对孩子的计划就是数学好就当会计，数学不好就当医生，很典型的模式。她觉得也不能说就不好，毕竟谁都希望孩子经济基础稳定，但是另一方面也要考虑兴趣。人的一生难道事业就真的那么重要么？

和卡米姗在一起消磨时间，跳舞、购物、看电影、吃饭，让诗戈感受到点滴真实的生活。两人开始规划一起去巴厘岛玩儿。哈之节不远了，卡米姗带着诗戈去马来人的集市买了一身传统的衣服，准备穿了见亲戚。

“我们结婚的话，我一定还要生个儿子，才保险。”卡米姗说起来的时候，带着一点忧伤。似乎这就是她对生活的唯一要求。但是诗戈的生活还有其他的内容。

公司里最早认识的玛丽已经辞职离开了。吃午饭的时候，和公司前台的穆娜一起来的，是一个年轻的华人女孩子塞哈尔·黄。塞哈尔瘦瘦的，不算矮，非常腼腆。还要穆娜来介绍，说她刚刚皈依伊斯兰教，所以有了经名，塞哈尔是黎明的意思。

塞哈尔也就是点点头，又低下头坐下，一直没有说话。

诗戈觉得她的一双略带菱形的眼睛给人极大的震动。眼神中既有一种难以形容的绝望、痛苦、封闭和逃避，又有在此之后的宁静，坚决和期望。仿佛是让人看到黑暗长夜和绚烂黎明的转折时刻。公司里一些年轻的华人女孩子，所理解的情调就是在商业区的书店里，从书架上抽一本最新出版的心灵鸡汤，要一杯卡布奇诺咖啡，坐在靠窗的座位上，就可以消磨一个下午。她们绝没有这样的眼神。

他也认识一些公司里的中国合同工。在休息室喝咖啡的时候，听说有一男一女两个人，刚刚坐完一年牢房出狱，马上就被遣送回国了。他们当初是偷了公司的贵金属，被抓住了。因为只有本地人才有资格保释，所以大家凑了保释金，交给一个本地马来技工。没想到他拿着钱在路上去赌了一把，把钱输光了。结果两个工友就只好坐牢了。男的怎么样不说，女人的天性是要注意自己的仪容取悦异性的。坐女牢，环境里没有男人，会发展到连乳罩都懒得戴，一年时间整个人就完了。

本来这些人选的是刚刚高中毕业的人，或者有一两年大工厂操作工经历的人。女生一般也确实如此。她们大部分都指望能够吸引本地男性技术员或者工程师的注意，把自己嫁掉。但是男合同工的情况就比较复杂，里面也有不同类型的人。比如村长的儿子，比较有见识；还有没有读高中，而是出来跟人打工做小生意，或者跑过运输之类的人，有社会阅历。本来面试的目的，是要把这些并不单纯的人排除掉；但是因为考核者自己经历不够，不能鉴别。这些人早已不想久留，等着合同期满就回国。

个子不高，戴着眼镜的陈伟是普通操作工中稍微特殊的，岁数稍大，外表也比其他工人显得白净一些。因为会揣摩本地工头心意，提拔当了培训员，代替了玛丽的位置，不过仍然是原来的合同期限。他打工攒下的钱，在股市上亏了不少，剩下的他想用来去英国读一个一年的电脑大专学位，正在申请签证。谈起自己的计划时，陈伟的眼睛迸发出热烈的光芒，这是他人生看到的唯一希望。

诗戈觉得他还不如也去偷贵金属，但是没有说出口。

周二的晚上，库莎里终于有机会带诗戈去市区一个酒吧，参加本地一个有名的异议人士领袖新书的发布会。

会场领袖是个印欧混血，原工会主席的儿子，本来在伦敦留学，现在已经回来开展政治活动。在场的本地人支持者精神都很振奋，和作者的渊源也很久。另外现场明显有一半以上不是本地人。各种杂色洋人之外，最多的似乎是日本人，男女都不少。据说领袖的女朋友是个日本人，不过最近已经分手了，所以其他一些女粉丝略有期盼。

酒吧里不多的华人之一就是哈佛政治学博士杰弗里，在本地大学当教授。诗戈感觉他心事重重，同时不能肯定这样的人会不会是政府探子，所以也就不好深谈。

库莎里看到诗戈并不自在，就介绍他认识千佳。和诗戈一样，千佳她们三人看上去也并不属于这样的人群，只是被朋友带来这里。

在大阪长大的明子其实是韩国驻日领事馆外交人员的孩子。一家人跟着父亲回到汉城（首尔）后，她因为韩文不好，适应不良。正好韩国政府着力培养有国际视野和英文水平的国民，明子就申请了海外奖学金到悉尼大学读书。这次是来看望大阪学生时代的同学闺蜜，在本地日本学校教书已经两年多的千佳。今晚一起来的还有千佳的新同事，刚刚从长野过来的礼子。

没有出过国的礼子显然不适应这里的人群和气氛，所以坐到了酒吧外面的桌子边上。

“有机会一起去悉尼看望明子吧。”诗戈对礼子说。

“我们是政府派出来的，不能随便离开这里。”礼子的皮肤很白而且细腻。

“怎么知道你离开这里了？”

“护照上有章啊。”千佳替礼子解释说。她的脸细长消瘦，带着两个酒窝，眼睛明亮，和外国人打交道已经比较熟练，在向库莎里认识的一个印度女子学习印度古琴。对方则向她学习日语。

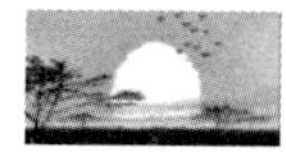


“那你出去玩完了，就把护照扔掉，向使馆挂失再申请一个不行吗？”

礼子露出迷惑的表情，千佳和明子也一时不知道说什么好。

第二天上班，诗戈在电脑上打开老朋友泰德的电邮，得知他已经离婚并向移民局举报，说明自己的妻子只是为了绿卡而和他结婚的，应当停止其移民资格和手续。

泰德回答诗戈提出的情感的问题：“和你一样，我过去和现在都一样会被神秘、孤独而决绝的女性所吸引。她们因为孤独极端而弱小，或者反过来。的确使人怜爱。不过，更吸引我的是你说的另外那一种女性，从外表和精神上都自然、本来而少修饰，随着年龄渐长，现在越发如此。”

“我觉得这样的女性并不一定早已被人抢光，不是人人都喜欢这样的女性，也不是每个男性都是自由身。”

# 第八章
# 罗莎琳

哈之节的时候，卡米姗和诗戈的计划突然取消了。

她前夫忙于工作，不在家的时候，那个给他生了儿子的女人也没心思照顾孩子，老往外溜；结果小男孩也不知道捡了一瓶什么矿泉水样子的东西喝了下去，然后肚子疼得哇哇哭，很快满地打滚死掉了。前夫伤心得不得了，狠狠地揍了那个女人一顿，又回来找卡米姗了。她觉得结发夫妻还是有感情，而且还有两个女儿，就决定原谅前夫了。

诗戈看着衣柜里挂着的那套黑色的马来人衣服，也不知道什么时候有机会穿。

不过他没有多少时间惆怅。公司马上经历了一场大裁员，生产线上的直接劳动工走了很多，包括达雅、塞哈尔她们。只有有关系的才能留下来。倒是中国来的合同工，因为工资低，而且住集体宿舍好管理，随时可以加班，又加上合同没到期，一个都没走。

陈伟的读书签证被拒了，闷闷不乐。

“在这里也挺好啊。”诗戈安慰他。

“我的合同已经延期两次，不可能再延了。”陈伟几乎要捏扁手里的白色泡沫塑料杯子。

“为什么？用熟工不是很好？”

“好像是最近社会上有个什么案子，一个人在某公司打了近10年工，得了职业病，法庭判了是和工作相关的。所以咱们公司规定一线6年以上就不能再做了。”

周末下午下起了小雨，不过在酒吧打球的人兴致很高，在泥泞湿滑的草地上继续奋战。

而且鲍里斯居然也回来了。他穿着白色背心，露出几乎斜贯整个躯体一直到腰的手术疤痕，让人想起吊起的整片猪肉。虽然已经出院休养了一段时间，而且穿上背心和新球鞋，他还是明显虚弱，上场一会儿就下来休息，而且再也不跳起扣球。

从泥泞的草地上下来，在遮雨的门廊下喝啤酒的时候，鲍里斯去逗洋娃娃一样健壮可爱的乔伊斯。乔伊斯倒是挺喜欢他，总是被逗得咯咯笑。她对诗戈不那么好奇和警戒了，但是却还是只转过脸来盯着看，不怎么笑。

说起经济不景气和公司裁员，本杰明给诗戈讲了很多职场的心得，包括自己是如何在很偶然的机会，给公司大老板留下深刻印象，从而得到这个新职位的。另外，他已经和教育部的人谈好，如果自己在新的位置待不下去，或者孩子们在新的学校不适应，艾拉还要回来念书的。

当晚公司全球总裁邀请本地高管参加晚宴，基本上就是确认和公布新职位的任命。他还要回家洗澡换衣服，就先走了。

尤安娜和克拉克看着诗戈的时候，眼神里总是带着一种笑意。本杰明走了之后，他俩对诗戈说："你还真是迫不及待啊。"

看到旁边的妮佳不明白，克拉克告诉她，自己和尤安娜正在葡萄牙度假，刚到里斯本当天的凌晨，接到诗戈电话，问有没有和罗莎琳讲。尤安娜迷迷糊糊的，一时都没有反应过来。

"没关系，我们去葡萄牙你也不知道，哪里会想到时差呢？"克拉克安慰诗戈，"反正我们以后就是亲戚了，不见外。"

"真的吗？"诗戈听出话外之音，喜出望外。

尤安娜笑出声来："真是没有想到啊，罗莎琳她很愿意。"至于罗莎琳的手机号码，也不用说了，她现在就在××街上一个朋友开的叫"文化"的酒吧里打工，直接去找她就可以啦。

诗戈跑到大街上拦出租车，四十分钟后到了酒吧门口。这是一个安静的后街，天已经全黑，雨越来越大，他已经跟落汤鸡一样了。

推门进去，诗戈一眼就看见了罗莎琳：那时候客人没有几个，她们三姐妹都站在一起聊天。罗莎琳也睁大眼睛，认出了诗戈，就停止聊天，向他直接走过来。

“嗨，你好啊。尤安娜跟我说你在这里，我就来了，外面下雨——”

罗莎琳也不问诗戈要喝点什么，只是说了句“跟我来”，然后就往外走。诗戈跟她出了门。在屋檐下，罗莎琳转过身来，两人面对面，互相看着对方。周围是除了雨声之外，寂静昏暗的后街。

她轻轻地说：“真好。你……亲我一下吧。”

罗莎琳是诗戈结识过的最美丽的姑娘，身姿绰约，修长挺拔；面容挺秀又柔和，大眼睛，长长的睫毛。而且性格温柔，永远都是轻言细语的。和她在一起的时候，诗戈经常心神不定。在电影院的时候看着她的侧脸的轮廓，影片情节都接不上了。说话的时候也经常走神，让对方觉得怪头怪脑的。

罗莎琳自己没有什么美女意识。姐姐总是被人夸特别甜美，妹妹刚得了本地新生代模特比赛第一名，成了时尚杂志封面女郎，风头正劲，一心梦想签约去巴黎。

“你妹妹那是骨头架子，台上好看。你这样才是生活中的美人。我真的非常喜欢你，你喜欢我吗？”

罗莎琳低下头，又抬起来，用长着长长睫毛的眼睛看着诗戈：“我不爱听你说我妹妹不好。她永远是我们大家的掌上明珠。小姨是我们姐妹的偶像，她介绍的不会错。”

“爸爸的公司是给航空公司送食物的。爸爸妈妈都是包办婚姻，结婚后才爱上了对方，很幸福美满。”

诗戈觉得她说的偶像的意思，应该是指自己的妈妈，还有二姨都发胖了，只有小姨能保持身材，还有浪漫的故事。真是傻丫头。小姨是离婚的人，虽然不乏追求者，但是那能和稳定幸福的家庭相比吗？给外甥女张罗介绍男朋友，自然是小姨的义务。但是人家也不可能十分了解，还是指望你自己能从交往中鉴别。现在倒好，她说可以试试，你就说不错；那她觉得你都说好了，肯定就是好了。这很像以前听过的相声《连升三级》里面张好古的故事。

巴努知道了罗莎琳的事情，不是很高兴，“你玩玩就可以了，别犯傻，浪费太多时间。那种人家的姑娘，伺候不起的。”

在电视上看模特比赛，巴努也是觉得虽然罗莎琳的妹妹最高，但是第二名、第三名的马来和华人姑娘更可爱。这个倒不是什么有意的偏见。从前当诗戈说起雅利安人进入印度的事情，巴努很高兴：“大部分华人俯视印度人仰

望白人，却不知道印度人和白人同属高加索人种。”但是从审美观点上，巴努却是觉得华人女孩比白人好看。

一次诗戈不在家的时候，罗莎琳打来电话，被巴努训了一顿，叫她以后不要再打来。

诗戈因此不以为然。以后的事情以后再说，没有男人愿意放弃眼前美色的。而且他开始觉得巴努在社会上混很厉害，但是对女人不是很在行，实际上经常看走眼。比如妮佳的二女儿普佳，还在澳洲上学没毕业的时候，他就对诗戈说，你不要去打她的主意：她是名律的女儿，长得又不丑，在澳洲肯定红毛男朋友一堆。根本不会回来了。

诗戈没有打过普佳的主意，但是知道她的情况其实正好相反：从她妈的经历中受了刺激，别的地方都很大方得体，唯独感情上像个小兔子，哆哆嗦嗦的。没有男的会喜欢这样气质的女孩，结果更加成天担心自己嫁不出去，形成恶性循环。毕业回来后，有一次还带了认识的一个医生到聚会上来，把妮佳气得直发抖，当面指责女儿说你真不怕丢人啊，看你妈这么大岁数了，也没有你这样绝望。

“医生挺好啊，是上层社会嘛。”诗戈想着要是自己是医生，就可以安心娶罗莎琳了。

可是对妮佳这样的人，总觉得医生大都没有情趣，不过是有钱，只配找没有钱的人。能找个普佳这样不缺钱的，证明是真的感情，肯定心里高兴死了。可是从她女儿这边看，就是跌份了：又不缺钱，找有钱人干什么？而且要找也是律师啊什么的。同样是上层社会，人家能说会

道，多体面啊。

巴努可能是跟不上时代了，或者自己有一些心结，比如从他姐姐的例子上，觉得女的没好人。除非是像艾拉这样从小看着长大，性格好的。

鲍里斯的身体似乎很快变得好起来。在球场上也越来越活跃。原来和他一起的妮柯尔已经回伦敦了。代替她位置的好像就是妮佳。她对安德雷已经不抱什么希望。作为律师，安德雷无法离开自己家乡的客户，而妮佳也不能在离退休只有几年的时候离职，损失一大笔退休金。

“就像你说的，人无法得到精神和情感的幸福，99%的原因都是物质基础。”妮佳对诗戈说。所以普佳不缺钱还为未来苦恼，那就是属于1%的最蠢的人了，也真够不幸的。

因为人多的关系，周六晚上欢送本杰明一家的聚会安排在摩托酒吧。大部分人都在露天的长桌子边喝酒聊天。酒吧老板把音箱也搬了出来。因为要离开自己的同学朋友，艾拉心情不快。猛然看见穿着夏威夷草裙，头戴花环，脸上用墨笔涂着黑道的诗戈，姐弟两个兴奋起来。

“下午垒球比赛后，先去了美国俱乐部喝酒。”坐下来后，诗戈告诉萧娜。是马特把他这样打扮起来的，之后就这样直接打车到了摩托酒吧。

谈话中，萧娜突然沉默起来，眼神凝聚在夜色中的远方里，显然是沉浸在从容的音乐中。过了一小会儿，她才告诉诗戈，范·莫里森是自己年轻时喜欢的爱尔兰音乐家，并不是很知名，没想到这么多年后在这里又一次听到。音乐有多么神奇的魔力，一时间驱散了多年在异乡生活的种种委屈和不如意。

“你们喝的啤酒全是毒药！”没有别人的时候，她有些不满地对诗戈这样说，同时把巴努刚才给她斟满的一杯啤酒推到一边。

诗戈经常看到温柔贤淑的萧娜流露出委屈和不满。她的前几句话总是礼貌得体，让人觉得动听入耳，但是之后表达的意思就反过来。

威廉也在，不过没有见到玫瑰。他还带来一个皮肤黝黑，中等身材，消瘦挺拔的印度老人乔治。乔治在印度原法属殖民地庞迪彻里长大，早已从法国外籍军团退休，回到家乡安享晚年。这次是来看望在本地做生意的儿子。

弗洛伦丝的丈夫也曾在外籍军团服役，但是今晚并没有露面。乔治的英语、她的法语都很有限，勉强能交流，同时还给坐在旁边的诗戈讲述军团的逸事。不过她仍然能够勉强跟上乔治，合唱一首《法兰西外籍军团军歌》，并且一起举手行军团军礼。

这股动静引起了一直在和巴努谈话的瑞妮的注意。高

鼻大眼，稍显丰满的瑞妮，和萧娜一样白色锦缎一般的皮肤在夜色中闪闪发亮。诗戈看见她眼泪汪汪地抓着巴努的手。

“巴努，只有你知道，西奥他是多么好的一个丈夫和朋友！尤其跳舞的时候，他是多么帅气，体贴！世间怎么会有这样完美的男子！他怎么就抛下我走了！10 年了，我一天也没有忘记，仿佛一天也没有离开他。”

“是啊，我们都记得西奥，都想念他。不过你应该从封闭中出来，接触新的朋友，这应该也是西奥的心愿。”

“你说的对。”

诗戈好奇地问起瑞妮是哪里的人。

“我们都是地球上的人类而已。我是在北非长大的，所以听见有人唱起法语歌，感到亲切。”

除了乔治，只有鲍里斯能说一点法语。而且他还在北非呆过，可以很好地交流。巴努在一边告诉诗戈，瑞妮的血统很杂，大概父亲是北印度人，姥爷是北非阿拉伯人，姥姥是法国人。她是属于反对种姓制度，不愿意透露自己血缘的人，而且是真的不说，不像其他很多人，喜欢说“我认为种姓是没有意义的，所以不会透露自己是刹帝利”之类的。

“有时间我们一起去参加法国人圈子的聚会吧。”鲍里斯说。

“好的。”瑞妮欣然同意。

本杰明一家终于走了。艾拉的女同学们来机场送行，哭成一团。巴努感叹说真是一个有情有义的好姑娘。

在公司里，诗戈觉得凯文那个部门的一个华人男同事查理突然变了样子。

“他刚从泰国做整容手术回来，脸还浮肿着。”午饭的时候，凯文解释说。

“这已经是他第二次作手术了。上一次，他那张肿脸吓得公司女士晚上做恶梦！”坐在旁边的前台穆娜接过话茬。

“不怪他。查理其实最重视自己的形象了。上次在家里休息一个多星期还没消肿，他还想请假，是老板不干。消肿之后，他照镜子总觉得鼻子有点歪，一直惦记着要去修正。这次终于如愿以偿了。”

“没觉得查理的鼻子歪啊。人的脸本来都不是完全对称的嘛。”诗戈很奇怪。

“他还会再去做手术的。这个事情上瘾。”穆娜说。

诗戈从来不主动问颍君个人的情感生活。他感觉自己无意中瞥见了别人最脆弱无奈的一刻，伤口裂开，鲜血淋漓，恐怕要用一生去愈合。就像瑞妮，还有艾奥拉一样。

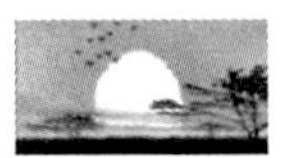

可是他自己的疑惑需要找人倾诉。

“是不是年轻人纯然的爱情，比不上那种建立在丰富阅历，或者呕心沥血的事业基础上的情感。彼此的猜疑误解伤害很多。有没有一种都市女子的心理状态，在父母面前还是很撒娇的，觉得感情就是那么一种甜甜的心里的寄托，其他该干什么干什么，不肯改变自己习惯的生活方式？不着急结婚，没有乡下人那种如胶似漆一天不见都难受的感觉。她那些女孩的事情，比如染头发什么的，我也不合适去陪着。她妹妹老是有表演什么的，她们全家每次都要去捧场。有时候自己也上场表演。我不喜欢时装表演那种事情，老实说我觉得电影上的明星不如生活中普通女性好看，所以极少看电影。女的总是不化妆比花妆好看。台下比台上好看。我性格不好，觉得她虽然从来不发火，可是就是不迁就我的感受，然而每次一看见她，又只剩下爱怜，觉得还是我让她受的委屈多。一不见面，又加倍生气。”

颍君的回复只是说：很高兴诗戈开始追求生活中应该拥有的东西，能看出来你很在乎她。人生能真的投入喜欢一个人也是可喜的事情。个人的心理情况，她无法评论。不过也不需要过分多愁善感。女性总是要更小心，更会保护自己。

诗戈很不习惯用短信聊天。罗莎琳因为是秘书，打字极快，让人跟不上，很紧张；有时确实工作忙，只言片语的回复也没有，让她误认为自己不耐烦。罗莎琳曾经暗示自己很快又要去交手机费了。诗戈因为用的是公司手机，对费用都没有概念，毫无表示。等到被公司寄来账单警告手机短信和电话使用量太大，才吓了一跳。不过这时候短信已经不那么频繁了。

“你和妹妹亚洲血统多，但是长得都是欧洲人的样子。”

“你很会恭维人啊。”

“我们一起去欧洲玩吧。”罗莎琳也知道诗戈已经很迁就她了。他根本就不喜欢欧洲。

但是她说假期太少，要攒着等妹妹和巴黎的公司签约去表演的时候，一起去支持。可是她妹妹那时候只有德国公司的邀约，一心要圆巴黎梦，死撑着不签。

诗戈心里想她就别痴心妄想了：人家签亚洲模特，要的是东方风情，长得完全是欧洲人模样，反而是致命伤。

“你妹妹就那么重要吗？”

“是啊，我们全家都是特别团结的。”

罗莎琳的爸妈都能看出一些问题，告诉诗戈说人生没有过不去的坎儿，一身之外没有什么重要的东西。因为见面不多，诗戈居然会搞错罗莎琳她妈妈和二姨，对方倒也没有生气。

事情就那么不冷不热的耗着。原来的激情在诗戈身上也慢慢冷却下来。原来“如花美眷”不是人人都承受得起的。

这个月达雅和男友结婚了。难怪裁员的时候她满不在乎，还高高兴兴的。说不定她算计着正好把遣散费花在结婚上。在三星级的普通酒店婚宴的时候，她还是那么满脸的阳光，又有意无意把诗戈和黛维安排坐在一桌。

黛维的实习结束后又回到学校写毕业论文。她把同桌的印度男子拉奥介绍给诗戈。拉奥皮肤黑，个子不高，精瘦，嘴唇上面留着胡子，脸上的皮肤粗糙。他其实是黛维的一个远房亲戚，刚从印度来本地工作不久，在一家 PCB 公司上班当工程师，在黛维家租了一个房间住。从拉奥待人处事的谨慎谦卑的风格，诗戈立刻就想起昊明。

“结婚了吗？”诗戈当着黛维问拉奥。

“还没有。”

“那也就是下一步的事情啦，父母在张罗？”

“是啊，你怎么知道。”

“中国的事情我知道一半，印度的事情我都知道。”诗戈咧嘴笑起来。

拉奥这样的人婚姻还是父母包办。首先是种姓家世合适的背景下，先互换照片。拉奥的父母给他寄来 9 个女孩的照片，他挑出自己觉得顺眼的 4 张，其中有 3 个对他的照片也还算满意。本来是要回去挨个相亲见一面，直到双方都满意为止。但是拉奥上班的公司现在情况不好不坏，很难请假。

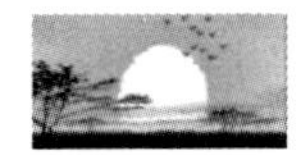


“中国的事我一点不知道。你们也是父母包办？你要回中国娶一个新娘带过来？”拉奥好奇地问。

“中国父母可不敢包办这种事。中国女的比较凶，要格外小心。我刚才说的知道一半，不知道的那一半就是女孩子都在想什么。”

听到这里，黛维也笑了，露出一口白牙。在这一时刻，诗戈觉得她虽然是印度人，和拉奥还是亲戚，但是和自己更接近。

这种第一次袭来的“本地的”的感觉，对于一个背井离乡的男人，是非常微妙而重要的心理转变，以至于第二天诗戈就在电邮里告诉了颍君：也许男人离开自己的乡土更艰难，女生对新的环境适应得更快，更成熟。

“不一定，我想还是看个性吧。无论男女，此心安处是故乡。我也一直有一种在路上的感觉，不知道想要什么样的生活，只知道自己不想要什么样的生活。”

这种对生活类似的感觉让诗戈感到温暖。也许上一次他有这种“本地”的感觉，就是在那个海滨公园野餐会上，和新来的学生们交谈，并且认识了颍君。

“你还记得詹妮弗吗。那个参加空军的女生。她用旅游签证去上海待了几个月，体验中国社会和中文环境。回来后马上就要转到日本的空军基地工作了。前几天听马特

说起来，詹妮弗的公开身份居然是社会学方面的富布莱特学者。你看看这个本地大学马特他们系的网页，詹妮弗的信息还在上面。”

颍君之前没有告诉过诗戈，詹妮弗其实是犹太家庭出身。诗戈自己完全看不出来，她和其他朴实的小镇女孩有什么区别。她其实也没有告诉别人，还是克里斯看出来的：她一次酒醉的时候，说起自己的父亲的时候，用的是我的 Pa，就把犹太人的那种自傲流露了出来。

诗戈打工的公司也很不景气。要求员工销假，降低资产表上的负债。明子从悉尼再次飞来找他。听说诗戈从来没有去过日本，就提议一起去京都玩几天。

“你可是真有意思。礼子那样的人，可能做梦也不会想到把护照扔掉挂失。”在机场候机的时候，明子告诉诗戈。

“人老实那也挺好。你记得那天我还碰上一个哈佛出身的政治学教授吗？”诗戈问明子。

“你和他在门边的长沙发上坐着聊了一会儿的那个？”

“是，上周看报纸，他因为涉嫌鸡奸小男孩，暴露后，逃跑失踪了，可能会被通缉。他和礼子应该互相中和一下。”

明子觉得这种说法真是莫明其妙。候机室里，有几个人用行李包当枕头，在墙根的地上倒头大睡。明子说这是关西人的风格，如果是去成田机场的班机，就不大可能会有这样只要舒服不顾面子的旅客。在大阪的街上，如果有人挡了别人的路，后面的人会急不可耐地抱怨。而在东京，大家就默默地排起队来。

京都的金阁寺、清水寺、二条城，这些地方对缺乏人文历史知识的诗戈来说都没有太大意思。只有夏目漱石的故居，因为学生时代读过这个作者的作品，让他产生一点兴趣。

晚上在旅馆，明子密密麻麻地写了几页的日记，一边写一边还翻着日韩字典。虽然这么努力强迫自己练习韩文，她觉得自己还是进步太慢，达不到父母的期望。

“你这是心理问题。日化太深，已经深入骨髓，抗拒韩国的一切，所以不入脑子。”

明子也不能不点头承认。她实在不知道韩国有哪点比日本好。尤其是在日本的韩国男人，对日本苦大仇深，总是不能忘记过去。战争都过去多少年了啊。现在的世界最需要的是和平和互相理解，而不是仇恨。衣装、饮食、化妆，日本文化是多么的唯美、优雅、自省自律。

韩国男人比日本还大男子主义，让明子对婚姻完全丧失信心。澳洲白人也都是垃圾：日本人在海滩淹死了，他们没有任何哀悼之情，只管报怨死者不认识英文的警告牌子，死在那里，给他们添堵。

"日本文化自我感觉不错嘛，他们屠杀鲸鱼和海豚的时候，也很优雅吗?"

"那是一小部分极右翼而已。"

明子能够结识政商圈子里的人，尤其是最近韩日在澳大利亚的投资增长都很快，最稀缺的是聪明和有视野的人才。专业不重要，越杂越好。怀有偏激和仇恨的人没法进步。

"挥刀自宫的人最稀缺。"

明子觉得对方能言善辩，但是就是强词夺理。这样的人真是没见过。

从日本回来的当天晚上，诗戈就跟着巴努去游艇俱乐部，参加鲍里斯介绍的法国人圈子的聚会，但是瑞妮却没有来。

"没关系，有巴努这样的人，和谁都是自来熟。"鲍里斯举着酒杯，在人群中哈哈笑着。他的注意力很快转向两个没有明显男伴的中年女士。

两人都不高，雅妮是个皮肤橘色，面容姣好的印度人，身材丰满性感，她的老公现在在波尔多；宝拉则是个中年印尼女性。

在码头上，大小桅杆的游艇都成为黑暗的背景。

"法国人怎么样?"诗戈期待珠圆玉润的雅妮能向其他女性，比如萧娜那样和蔼，给他讲讲新奇的故事。

"滥透了。你又不是没看见。"雅妮指的是这里男多女少却没有男士献殷勤。

“这个，可能因为他们都认识你丈夫?”

“那你太不了解法国人了。算了，反正我对法国人也不会有兴趣。”

“那还是印度人好?”旁边的妮佳问道。

“印度人?比法国人还烂!我早就知道了，幸亏没嫁印度人,”雅妮更是怒气冲冲，也不在乎巴努也在木桌边坐着。妮佳有点想笑了，看看诗戈，似乎只剩下中国人了。

“中国女的嫁给外族的，很多人说话口气跟你差不多。”

“那说明中国男人也不是什么好东西。”

“我们这些男人都有什么问题?”巴努问道。

“你们自己知道。”

“你们都没问题。问题出在杯子里的酒精。”宝拉微笑着转移话题，她是雅妮形影不离的好朋友，老公在喀麦隆做工程，儿子在魁北克读大学。

鲍里斯起身的时候，诗戈也想早点回家休息，就一起告辞了。

在出租车里，看着外面的都市街道灯火和车流，鲍里斯兴奋起来，哼着俄罗斯黄色小调。

“你知道吗?每天早上淋浴的时候，水从头发下来，流过脸上身上的皮肤，那种感觉好极了，因为我知道自己还活着。这就是生命的感觉。

“要是警察来找麻烦，咱俩就跟他们拼了！”

从下一个周末下午开始，雅妮和宝拉打完网球之后就来参加酒吧的排球活动。鲍里斯在俄罗斯驻印度使馆任职的儿子尤金也来了。他和老爸几乎就是一切都相反的两类人，除了个子差不多，连面貌都不像。他像个中学生一样沉默木讷，精瘦，一脸青春痘，走个路动作都不协调，一晃一晃的。

打完球尤金也没有和大家打个招呼就先走了。很多人替鲍里斯可惜，不说好坏，儿子总要像自己才开心。他自己也意识到了，就笑呵呵地向诗戈和宝拉说起尤金这宝贝孩子。

鲍里斯仕途破灭后，曾经和澳洲的俄罗斯移民圈子搞得很熟，给自己办了永久移民，还大包大揽，辛辛苦苦给尤金联系好了悉尼的大学读硕士，想着他毕业后留下来，这样一家人就都在一起了，也没有和儿子商量，就按开学日子老早给他把机票都订好了，作为给儿子的礼物。他满以为尤金会喜出望外，感谢自己有个好老爸。没想到儿子听到后，说爸你这是干什么呀，我有说过要去澳洲吗？鲍里斯简直不敢相信自己的耳朵：为什么不去？儿子反问说为什么要去？他在莫斯科大学毕业，要进外交部供职，又

和小一届学中文的女生处了对象，以后一起在外交部发展，不是很好吗？

鲍里斯自嘲地说，自己混成这样，儿子不看不起自己就不错了，还要去规划指定儿子的道路，太可笑了。

“这就是孩子的好处，他们会在意想不到的地方超过你。”宝拉对诗戈说到，“你应该尽早成婚生子。”

“我倒是想，可是跟谁啊？”

喝了一会酒，天已经擦黑，鲍里斯和宝拉就一起先走了。诗戈看着妮佳，看见她脸上痛苦的表情。

“你受到伤害了吗？”

“你这一问，让我妈妈受到的伤害加倍。”普佳在旁边说。诗戈急忙向二人道歉。但是已经晚了。

乔伊斯也瞪着大眼睛看着两人，她大概已经明白诗戈是在道歉，可是不懂为什么。

当大部分打球的人都已经离去的时候，又走来一群年轻人。和巴努打了招呼之后，进去屋里要了酒，又走出来坐下，等着陈先生端啤酒出来。

坐在诗戈、巴努还有弗洛伦丝旁边的，是尼克和斯黛芬妮。尼克的爸爸在英国使馆做文化工作，妈妈是泰国人，在本地一家大学教书。尼克身材和爸爸一样矮，但是精瘦，脸细长，留着胡子，黑褐色的头发扎在脑后，好像后来电影“加勒比海盗”的男主人公：打扮、派头和说

话的伦敦腔都一模一样，只是面部和身材更多一些亚洲人的特征。

尼克不工作，和萨阿是一起吸毒的朋友。萨阿上星期才又因为吸毒被抓了，他庆幸自己当时没有在场，不过也有一种后怕的感觉。

在酒吧打工的斯黛芬妮是个身材高挑苗条的华人女孩，口齿伶俐，纯正的英语没有任何口音。

“别提那个老家伙了，我懒得理他。”当弗洛伦丝问到尼克的父亲的时候，他不耐烦地回答道。尼克 26 岁了，父亲希望他在伦敦待下去，找点事情做，不要像现在一样游手好闲。

“伦敦有什么好，谁理我。对我来说，英国护照只是为了旅行方便。不然的话，我早就放弃了。我是一个泰国人。”尼克这样对诗戈说着。斯黛芬妮看着男友，一往情深。

“他真的既不读书也不工作?”当尼克去屋里洗手间的时候，诗戈问起弗洛伦丝。

“他中学毕业不肯读书，试了很多工作，都放弃了。”弗洛伦丝回答。

“那是因为他心中真正喜欢的是音乐。他有理想，有才华，总有一天会成功的。”斯黛芬妮对男友有信心。

尼克回来之后，又喝了一会儿酒，就和斯黛芬妮两人先走了。弗洛伦丝招呼旁边的安东尼和阿伦坐过来。安东尼就是伊丽莎白的儿子，他和尼克是一起在本地英国学校长大的同学，却正好是两个不同的极端。金发，高高的额头，高大英俊，虽然很瘦，但是胳膊粗壮有力。安东尼中学毕业也没有继续读书，而是跟着父亲出海讨生活，在风雨中历练出男子汉的成熟稳重。他现在经营着一个小船运公司，等还清贷款，就会有一条完全属于自己的船了。

可能是因为最近事业顺风顺水，外加多喝几杯啤酒，凯文的话多了些，说起和客户还有各处港口当局打交道的种种不易。到处的办事人员都是腐败，索贿。

“尼克？他根本就不行。音乐的事情，问阿伦吧。”

金色卷发，像个体力工人的阿伦也有音乐的梦想，带着刺青的胳膊显得很粗壮。他也是尼克和凯文的同学，和尼克一起搞乐队，家境一般。为了糊口，他干各种短工，包括在安东尼的船上打工。

“本地的音乐水平不行，在小水潭称王称霸不算什么。还是要到伦敦这样的都市才是真正的舞台。”可惜他囊中羞涩，只能慢慢等待机会。

“你有什么计划？”巴努问起诗戈。

“我又要去印度了。这次是南印度，参加一个朋友的婚礼。”

# 第九章
# 南印度

澳大利亚珀斯的海滩上。一边是夕阳落日，另一边是嵌入高楼建筑的天际。黛维和诗戈两个人，并排走着。海水随潮声而来，漫过两人的脚踝，又匆匆退去。

“我还问过达雅你对我怎么看。”诗戈转弯抹角。

“她怎么说？”

“她没说什么，只是笑笑，叫我放心。”

“你真的不用问她了。我告诉她，你处处与众不同。不喜欢澳洲和欧美，喜欢亚洲，黑皮肤，喜欢穷人，带孩子的寡妇也不在意。”

“男的其实都这样。”诗戈老实说。

“我就没见过。”

黛维是家里最小的孩子，备受父母和哥哥的娇宠。和中国人的女大十八变的观点不同，印度人的看法是一白遮百丑。婴儿出生的那一刻，如果皮肤较黑又是女孩，那她的命运就不会好到哪里去。

诗戈不在乎，他喜欢她黑亮的辫子，又粗又长；喜欢她的善良、温柔、善解人意，最终要的是不介意他的不羁轻狂。

回来后，到了买去印度机票的时候，航空公司直接告诉诗戈，走正常程序签证的时间太长，只能走后门搞一个。黛维的爸爸拉贾找了门路，下班后把俩人的护照递上去。第二天去取的时候，诗戈按照嘱咐在兜里揣了几十块钱，准备意思一下。但是小窗后的男人露出金牙微笑说，这是干什么呀，不用啦。不过丢出来的护照只有一本，外加一纸声明，说黛维的护照不小心搞丢了，让去挂失补办。

“本地政府效率极高，补办护照快而且不收钱。今天下午取回来，在给我补上签证。”大金牙嘱咐说。

晚上 7 点的时候，诗戈、黛维、拉贾还有送行的黛维父母这一群人出发去机场，绕道大金牙家里取出了已办好签证的黛维护照。拉贾中等个子，瘦瘦的，穿着格子衬衫和西裤，肤色比黛维还浅一些，嘴唇上也留着胡子，也显得挺精干，诚恳。

他告诉诗戈说本地护照好用，去欧美很多国家不用签证，肯定是被卖掉了。以后黛维的旅行记录很乱可能会有麻烦，不过也没办法。

看到诗戈行李特少，拉贾又塞给他一百多块钱，让他多带个箱子。说是一些汽车零件，随身带进关可以省很多进口税。诗戈当面就把钱交给黛维。

拉贾最后嘱咐诗戈：你们是先飞到泰米尔纳德的首府马德拉斯降落。在印度人面前提到这个地方，最好先用钦奈。因为有的人，主要是政府人士或者律师什么的，一听你还用英国起的名字马上就变脸色。如果对方用马德拉斯这个词，那你就用马德拉斯。这主要是商人之类的，很瞧不上前面人这种煽动民粹改地名的瞎折腾行为。咱哪种人都不要得罪。

当年的钦奈机场很小，很像中国长途汽车站。出来后，人满为患；在雨季来临前，灰尘爆土。黛维这样的海外印度人，营养好，女孩子，身材匀称，面貌漂亮的很多。印度本地的人大都瘦小干瘪，黑土色，缺乏光亮。

出了机场，就开到城里一个大概是“驻京办”招待所之类的地方。来了不少人，握手，寒暄，聊天，拉奥和黛维应酬着。诗戈听不懂就睡觉，睡不着就看电视，正在播动物世界，他特别喜欢的非洲野狗的节目。

睡不着的原因是在外表光鲜现代化的地方待久了，到了印度觉得特别亲切，很像小时候中国的感觉。不但街道什么的像，连人都像。虽然长得不一样，但是表情一样一样的。一路上觉得似乎土建项目也不少，桥啊路啊，不过没有特别高的楼。

下楼去食堂吃了点饭之后，几个人就坐上一辆吉普车之类的，开去目的地，就是拉奥在庞迪彻里的家。车上很挤，还有一男一女两个孩子，七八岁的样子，男孩叫阿琼，女孩叫米娜。为了让诗戈坐舒服，让两个小孩都站着。诗戈觉得不好，就把他俩抱在怀里，让他们坐自己腿上。

“你叫什么名字?”阿琼瞪着大眼睛问诗戈。

“阿周那。”

车子从午后开到天黑，路上都没有什么其他交通，窗户全开着，两边依稀是田地。车里循环地放着磁带里的歌曲，其中的主打歌是当时一个走红电影的插曲，开头是：三滴勒隆，苏滴勒隆，就是太阳月亮（都证明我爱你）。

到了半夜，车子突然在一家独立的房子停下来。房子孤零零的，里面倒是很豪华。诗戈不禁觉得印度平原面积好大。房子里面出来一个帅气的小伙儿接大家进去，介绍给一对老人，还有他们的女儿也就是小伙儿的姐姐也出来了，还端了茶点出来向客人致意。然后黛维对诗戈说：要把你安排到小伙儿她姐姐的房间睡觉。

姐姐的闺房里床幔什么的都挺雅致气派，床的高度很低，窗帘分紫红和白色的两层。不过诗戈倒头就在床上睡着了，连日光灯都没有关。

早上被叫醒吃完早饭，又出发了。一直开到拉奥家的村子里。他父亲是村长，院子最大，在村子中间。拉奥是小儿子，有两个哥哥还有至少一个姐姐。阿琼和米娜是他大哥的孩子，因为要接客人，顺便带去钦奈见见世面。黛维私下告诉诗戈，他们家为了婚礼，专门修了一个厕所。

“大便完是不是要把屎挖出来扔到墙后面给那些猪吃?”

“猪应该只吃剩饭吧。”黛维笑笑。

诗戈打了两盆水到房顶上洗澡。天气很热，他把短袖短裤脱光，先用一盆水和肥皂洗了衣服，拧干，晾到一边的绳子上，然后用剩下的一盆水洗澡。没几分钟就洗完的时候，晾的衣服都干了，又穿上。看来一套换洗衣服都多余。不过拉奥的姐夫贾纳克盯着他看了一下，说：“跟我去镇上做套衣服吧。”然后让诗戈跳上他的摩托后座，突突突地走了。

在镇上，贾纳克介绍说这里本来是法国人在印度的殖民地，有三百年历史，镇上街道什么都是法国式的，还有很多人从法国外籍军团退休，回这里养老。诗戈不禁想起之前在摩托酒吧遇见的乔治，不知能否在这里碰见。

回来吃了午饭，东西很丰盛但是连黛维对本地的印度食物都不是很适应，两个小孩直笑诗戈用手抓饭的姿势太笨。拉奥他二嫂子比较活泼可爱，最年轻，个子最矮，不像大嫂那么严肃。

院子门口已经搭起了绿色树叶覆盖的架子。黛维和诗戈又被开车带出去，到附近的各个大庙里拜神。主要是毗湿奴和哈努曼的庙，也有一两个湿婆的。南方印度教建筑，构架头重脚轻，雕刻繁细，千百神灵毕现，色彩华丽。诗戈上次在北印度看到的伊斯兰建筑，以简约流畅的几何线条与苍穹呼应，风格完全不同。

这还是大庙。到了村里，小庙几乎没走几步就有一个。可能正是旱季结尾，农忙开始之前，很多都在翻修扩建，还有很多新的正在盖。简直就快比人住的房子都多了。还有的时候在一棵树一丛草前面也停下来，说也是神，要拜。诗戈和黛维也稀里糊涂地跟着瞎拜一气，心里想估计明年这棵树旁边也要盖一个庙了。

黛维算是那种的对自己本族宗教文化很认同的乖女

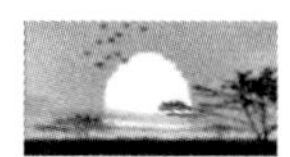

孩，但是也禁不住悄悄对诗戈说，富人的心思都在捐钱盖庙上。到处看见村里的穷人连屋子都没有，就是在路边挖个坑待在里面，上面支个草帘子遮挡风雨阳光。

“我们中国管这个叫不问苍生问鬼神”。

吃完丰盛的晚餐，妇女们就围成一圈干活：把很多小东西从大堆检出来，组成一份一份的礼物袋子。诗戈也凑进去，就坐在二嫂子边上，专门负责检一种东西：别人把口袋递过来，他接过把自己负责的东西塞进去，再传给下一个人。

按说这是女人的活，而且男女授受不亲，但是礼教这东西对外人从来都没有那么严格。而且这活很累，到了后半夜，都神情恍惚了，根本没有精力胡思乱想。最后大家就不分男女横七竖八睡在屋檐下。反正也没有蚊子，还凉快。

§ 2

第二天就是婚礼日。早上醒来，看见家家门口都地上都已经用米粉画上各种精美的图案。拉奥的二嫂子还用黄色的东西涂在黛维和诗戈的手上。人们继续用萎子和楝树叶还有万寿菊鲜花搭成架子，从门口一直到院子里。

诗戈觉得自己醒得晚了，很丢人。黛维安慰他说：

“你刚下飞机都没有怎么休息；而且拉奥的二嫂子可高兴了，说你勤快，顶一个劳动力。”

仪式在镇公所办，大概有好几千人来。诗戈穿上新作的礼服，到处随便聊天。人家告诉他，新娘喜雅她爸爸是邦政府的秘书长。不过拉奥也不算高攀。印度村子比较大，一个村子相当中国春秋时代一个小诸侯。这个国家，说白了就是几千个村长当家。所以还是门当户对。

印度人好客尊老，自觉有资格和远方尊贵客人聊天的几个人都是当地人头面人物。而且就是头面人物，碰上老人家要和客人聊，都自觉退下去。这里最尊贵的主人是一个当过海军上尉（或者船长），做过商人和政府官员的耄耋老者，拉着诗戈的手给他讲自己的人生故事。

“人都说法语最浪漫，德语最精确，英语最冷峻，你知道泰米尔语最什么的吗？”他问诗戈。诗戈摇摇头。

“我们泰米尔语最虔诚。”

中年人谈的很多都是生意经，比如想向中国出口布怎么样，印度那时候布都堆仓库里烂了，但是因为官僚制度的低效，就是无法出口。

诗戈想起颍君说过她们那里，纺织业也是地方经济支柱。因为行业不景气，整个地区都经济民生都受影响。她一直挺关心地方经济复兴或者转型之类的东西。也算是自己继续从事当前工作，积累资源的一个长远目标。为了这个缘故，诗戈也耐心询问了很多纺织业的情形。

黛维和诗戈可以算新郎的家人了。进入后堂的时候，诗戈吓了一跳：新娘喜雅不光是比较漂亮，而且很脸熟，好像在哪里见过。

“你真是没有记性吗？忘了那天晚上，我们在她家里过宿，出来给我们端茶点的?”黛维提醒他。

诗戈打了一个激灵，脑袋里电光火石般地的闪过当时的情景。那是两个年轻人结婚前唯一的一次见面，每一个时刻都在他的回忆里，被放成了慢镜头，放大，再停止，一帧一帧地前进。硬是没有在喜雅的神情里，抓住一星半点的不平静。真不愧是大家闺秀。

婚礼长而繁琐。诗戈一面拍照，一面看见新郎一身的汗。

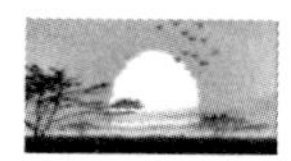


停下来的时候，他就跟黛维说："要是我，就受不了跑了，新娘再漂亮也不管了。"黛维的脸色一下子就变了。

"你是这么不负责任的人啊。谁当你的新娘不就惨了。"

从镇上回来之后，诗戈主要和小孩子们玩。米娜是个标准的小公主，跳起婆罗多舞，眼神盼顾生姿。阿琼跟其他男孩一样，成天拿根木棍当枪，呼呼呼，长大要当兵，扫平巴基斯坦。他陪诗戈在村里闲逛，看拉奥小时候读书的村中小学，简陋的校舍和诗戈自己读过的农村小学好像。他觉得低种姓人家的孩子格外有趣，虽然都很穷，住在路边的坑里，有的小孩抱着更小的婴儿，但是两只眼睛都瞪着大大的，喜欢看着诗戈笑。但是阿琼特别讨厌村里的贱民，不许他们靠近，连进到镜头里来也不许。

诗戈和黛维的另一个远亲拉克什曼特别能说得来。他几乎是这里唯一一个不留胡子下巴刮得光滑的男子，三十多岁的样子，穿着横纹短袖衬衫和棕色西裤，卷发，古铜色的肤色，特别有亲和力。拉克什曼在外面闯荡，阅历多，在马来西亚开过金店，因为生意不好才回印度来，还问起中国人是不是也像印度人一样看重黄金。

"是，不过我们一般都不敢带在外面，而是藏在家里。"

诗戈和黛维都曾经都坐过他自行车后座在村里跑，咣当咣当的，拉风得很。

拉克什曼在外面呆久了，忘了一些忌讳，回村里也不看人就让人家坐上后座来，结果被人看见驮过贱民的孩子，这辈子结婚什么的都别想了。

“你就在城里找个好姑娘不就得啦？”诗戈问。

“双亲怎么办？”拉克什曼的父母知道自己儿子被种姓开除，都快不行了。印度跟别国不同，有实力的家庭的根基都在农村。资源是从城市向乡村流动的，在城里挣了钱，也是拿回来充实乡村，修庙什么的。只有贱民之类的在村里没指望，才一门心思永远离开自己的乡土，去城里不回来。

诗戈私下向黛维建议：“拉克什曼小伙子人不错，你不如嫁他吧。”

黛维笑笑，说：“你没有听到我叫他兄弟吗？印度女性要管谁叫兄弟，就是叫他不要往那方面想了。”

当诗戈问起种姓的时候，黛维觉得那个东西也没有什么认证机构，就是自己知道对方根底，求个门当户对。所谓种姓内结婚，极端情况下说白了就是亲戚结婚。拉奥自己觉得种姓是北方人的概念，南方的达罗毗荼人最高也就是商人费舍，根本就不应该认同那一套。反正他不会对自称婆罗门的什么人低头。

看起来这里的种姓的高低主要是权势和财势。你觉得别人贱，人家还看你不顺眼呢。不能用公共水井，打照面让开大路给你走，只能干脏活臭活，不是人家自认的，是被高种姓势力逼的。

“说白了不就是钱吗？如果不用权势保持很多低种姓人处于赤贫状态，那高种姓还能随便使唤人家吗？要是全村就我一个掏厕所的贱民，你要我掏厕所的话，先给十块大洋，再舔舔我脚丫，那谁是贱民啊。那些什么神明树木，都是对内不对外的，我一泡尿撒上去，或者一脚踩了，村里人也不会跟我拼命，但是村里贱民敢动就是亵渎，大逆不道。”

黛维觉得诗戈这一串说法有些偏激，但是又无法反驳。

下午回来后，拉克什曼带两人去这个港口城市美丽的海滨公园。等到他驱车来到附近丹麦人建立并盘踞二百多年的城堡时，已经是夕阳西下。所谓的孟加拉湾其实是一片广阔无垠的大海。黛维非常喜欢这个地方，一直呆到夜里完全天黑。暗淡的星光下，除去巍峨城堡工事，在无言诉说历史的风云，只见到白色浪头在深不可测的巨量的黑暗的水体之上，迭次涌来，发出星辰大海间的天籁之音，更衬托出暗夜里清冷无人的寂静。

婚礼完毕，黛维和诗戈要向南方远行了。

黛维父母严格地说是泰米尔北边的特鲁古人，虽然也受北方雅利安人的影响，但是和南方达罗毗茶语四州文化上比较近似。而此次行程的最南端，就是泰米尔人的文化

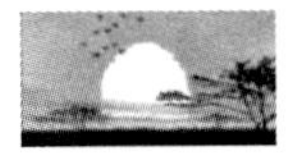

圣城马都赖，一路上他们各处都有亲戚家可以过夜。

拉克什曼替黛维和诗戈租好了一个“大使”牌轿车外加司机，每公里4个卢比，他自己也搭车同行大半程。从他的描述，诗戈猜想泰米尔的两大城市中，马德拉斯（钦奈）是英国人建的，好像中国的上海；马都赖是泰米尔自己的古都，好像北京。马都赖的泰米尔语，就像京味的普通话，倍受推崇。

亲戚中只有拉克什曼劝黛维多看非宗教的名胜。最先到的地方是坦焦，有一处巨大的古代宫殿遗址。拉克什曼说这是柬埔寨吴哥王朝的母国。因为是历史遗迹不是宗教场所，所以访客寥寥无几。泰米尔人没有什么开发旅游产品的观念，现场唯一卖的衬衫，上面印的居然还是中国的长城。

“我们南印度的历史文化传统真了不起!”黛维感叹道。

“我想你父母听了一定很高兴。”诗戈之前也从未见过这样精美而宏大的古代石建筑。

雨季还未到来，路过的考瓦里河水量稀少，几乎成为涓涓细流，露出宽广平坦的河谷。穿着艳丽的沙丽的妇女们聚集在河边洗衣，晾晒。拉克什曼带着两人爬上南印度平原上少见的高山，站在古代王朝建立的工事之上，眺望来时刚刚开车经过的巨大的平原和河谷。城市长大的黛维第一次这样看到白云苍狗之下的苍茫大地，屋舍俨然，阡陌纵横，悠悠农事，连诗戈也觉得足以荡涤心中的迷离愁绪。

然而下面经停的其他大型庙宇，都是现实的宗教场所。肮脏龌龊，乞丐成群，在骄阳下坐靠或者躺倒一地，到处随地大小便。入庙宇不能穿鞋，脱在门口又没有人看管，而且满地屎尿，没有地方放。所以只能脱在车里，光脚走去门口。烈日当头，地面滚烫，诗戈像猴子一样跳着前行，经过一小段路脚底就烫得不行，只能专门踩人家刚撒完尿的湿坑往前走。

这样的一次经历之后，诗戈就建议大家都穿鞋下车，到门口他就不进去了，在外面替大家看鞋。

别人在里面敬拜神祇的时候，诗戈自己在外面，注意到一些女乞丐：虽然上了岁数，皮肤好像陈年橘皮，但是面部轮廓和身材非常完美。年轻时必然是绝代佳人。正在胡思乱想之际，忽然感到呼吸时候肺部疼痛。从庙里面回来后，拉克什曼说这是干热的天气造成的。但是听他的建议，用湿毛巾捂住脸也只能稍微缓解疼痛。车子开起来后，诗戈自觉关上窗子肺里仿佛火烤，开了窗有如刀割。

有了需要照顾的累赘，停车就频繁起来。白天也不知路过谁家，进去寒暄一下，呆上一个钟头。再出发的时候，往往又上来个把大人小孩，把车子坐满，跟着走一程。

黛维直愣愣地告诉诗戈，她是第一次回印度，和老家

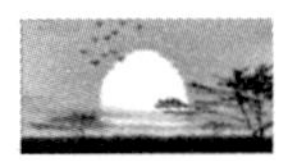



人打交道不是很舒服。有不少亲戚其实关系很远，虽然地址什么的都在单子上，要不是因为某人需要休息，根本不会去。如果不是这人拖后腿，夜里都会主要用来赶路。车少，牲口也少，不用老按喇叭。

晚上到了人家休息之后，黛维去亲戚介绍的印医那里看病。诗戈只顾喝水，洗澡什么的，也不再装蒜，除了一点饼干，其他食物一律拒绝。屋里热的跟炉子一样，黛维她们也不怕，聊天后就和衣男男女女混在一个大床或者大桌子上横七竖八的睡了。

主人拿出一个钢丝折叠床，搬到房顶上，让诗戈在那里睡觉。乡村没有灯光，天上星星很多、很大、很亮。没有蚊子，但是乌鸦很多。如果扔一个饼干，它们就纷纷飞来争抢，吃东西的时候发出金属碰撞的铿钪声音，像冷兵器时代两军作战的音响效果。

诗戈担心睡着后眼珠被啄走，就把头缩进毯子里。

到了马杜莱，肮脏也到了顶峰。马杜莱有很多古迹。

“《罗摩衍那》的泰米尔版，最早就是在这间屋子抄成的。”拉克什曼讲述着。不过对诗戈来说，都是对牛弹琴。到了这里，他几乎崩溃了。晚上他们第一次住进一个旅店。外表看好像跟美国的汽车旅店相似，但是里面就不一样。房间连门也没有，至少没有关。大家一个房间一个房间看，每个房间里面都是好多张床，单人床的宽度，但是每张床上都有两个人睡着。走了几间屋子才看到门口一张床上只有一个人，背朝外睡着。黛维叫诗戈就睡这里，她们接着往前找。诗戈背朝床上的人躺下，把他往里拱了拱，就睡觉了。

不过苦日子到了极端就转折了。早上起来，车子马上就开出了马都赖城市，到了很远的农村。

乡下真是非常美丽。这里似乎已经是临近大陆的劲头了，人口密度很低，没几户人家。两人一家一家的转，寒暄。然后乡亲们在空地上点起了篝火，聊天，交际。夜深了，大家都回屋里休息，只有诗戈和黛维还在聊天。

“这里真好啊，远离尘世，人似乎格外纯朴，对客人也特别热情。”诗戈看着哔哔剥剥的篝火感叹道。

“才不是呢。你一个外人哪里看得懂。这个村子有一个房子，按理继承权应该是我的，现在被亲戚占了。人家说你家在外国，外国满地是钱，还好意思来争房子啊。我也不知道该说什么。”

“你们印度人也真是麻烦事多。你要是嫁给外族人，爹妈会干吗？”诗戈没有正面看对方。

“他们嘴上不会说什么，但是内心会失望，痛苦，担心。尤其是爸爸。妈妈其实不是特别在乎，在乎也是为爸爸。”

“不过，那种在婚礼上逃跑的新郎，是绝对不可以的。”黛维也没有正面看对方。

“那你不是又多了一个兄弟啊。”

§ 4

南亚次大陆南端的朗朗夜空，稀疏的村落人家，让旅人的心放下，不想离开。但是人在路上，只有前行。

这时候租的车出了机械故障。两人，还有拉克什曼，开始坐公共汽车和长途汽车旅行。公共汽车有的时候很挤，诗戈看见女子旁边有空位就座，似乎犯了什么禁忌，引起车上人不满，嘀嘀咕咕的样子。

“你怎么不提醒我啊？”诗戈开始埋怨。

“你的错误太多，说也说不过来，就懒得说了。反正他们也不至于揍你。”黛维回敬道，“你又不信教，又怕人多天热，那么咱们下面就不进神庙了，去避暑胜地吧。”

话虽这么说，神庙本身也是名胜古迹，还是又去了几个，而且都是人山人海的。在敏感地方，总是有大肚子的印度教祭司拦住诗戈，说非印度教徒禁止入内；等黛维和别人进去之后，祭司就转口说，你有十个卢比吗？八个卢比也行啊。看到对方没有付钱的意思，也就算了，反而把诗戈拉进来到最里面。黛维排队进去后还在拜神；一抬头，看见诗戈居然和祭司一起站在神像旁边，仿佛在接受大家的膜拜，简直啼笑皆非。

后来到了一个城镇的市中心大街，街边一对门标，把整个城一分两半，有如两个不同的世界：这半边又脏又乱，垃圾屎尿满地，污水横流。过了门标，就很整洁干净，街道两边有暗沟排水。人的精神面貌气质也完全不同，有一种焕然一新的感觉。

黛维忍不住对诗戈说：这是我们出了泰米尔纳德，到了喀拉拉邦了。喀拉拉邦长期由共产党执政，比较有理想和献身精神，不谋私利，为百姓做了很多事情，所以喀拉拉邦民生最好，最进步，人人会读会写，几乎没有文盲，而泰米尔纳德邦在印度识字率最低，不到50%。

“也许喀拉拉邦本来就是最文明进步的州，所以信仰共产主义的才多，才会选他们上台。”

“又来了，你这人怎么这么喜欢抬杠。好吧，这个是先有鸡还是先有蛋的问题，我也说不清。”

拉克什曼说喀拉拉邦这个共产党是印共马克思主义派，而不是印共马列主义派。那些处决地主，分田地，武装割据，建立苏维埃地区的，都是后者。他们改造社会的力度要更大一些。

进入普里雅老虎自然保护区的时候，外国人要70卢比，印度人只要1个半卢比，拉克什曼跟售票员说诗戈是西孟加拉邦来的，不会本地语言，也不会讲印地语，结果也混过去了。

“除了东北部地区的蒙古人种，印度本来也有唐人街，尤其在加尔各答。后来因为和中国打仗，印度吃了大亏，民众把气出在华人身上，华人都移民加拿大了，唐人街也没有了。”拉克什曼见多识广。

这一路走来，在偏远的地方也见过饭馆卖宫保鸡丁，但不是华人开的。另外也见过李小龙之类的电影海报。除此之外，没有见过和中国有关事物的影子。

老虎保护区的一切设施、介绍、资料什么的都很整齐规范，和世界别处比哪里也不差。不过也就是坐船在河里兜一圈，看见山坡上一群野象，还有很多鹿什么的在岸边吃草，没有看见老虎。保护区工作人员在岸边懒洋洋地走，也不怕老虎袭击他们。导游说老虎白天根本不会出来，他都干了很多年了，也没见过。

从老虎保护区出来后，新租的车子就进入山区，延盘山公路蜿蜒向上。黛维说我们已经进入科代卡纳尔山区了。这是喀拉拉境内离泰米尔邦不远的地方，是喀拉拉人和泰米尔人共同的神山。因为南印度平原气候炎热，所以山区清凉世界都闻名遐迩。离开科代卡纳尔向北，下一个高地避暑胜地，叫班加罗尔，有很多电脑公司。

一路上植被随海拔变化。到了山顶，还有青青草地，莽莽林丛。山上有猴群、羊群、牧场、滩涂、草垫，庐舍俨然。但是从悬崖向下瞭望，弥漫的白色雾气蒸腾上来与云层相接，其他什么也看不见，只觉得冷飕飕的寒气逼人。平眺远处，还能依稀看到群峰拥簇。黛维从来没有看到过这种层峦叠嶂，俯视云海如煮的景观，激动得眼泪哗哗直流。

当年英国人截江断流，形成人工堰塞湖。黛维租了脚踏船，和诗戈在湖上荡舟畅游，欣赏湖光山色，浩渺烟波。这个高峡出平湖的工程，也是百多年前的事情了。山上的雪莲，正在开放。据说很多年才开一次。下一次开花，要等到五年后的2006年。

虽然是喀拉拉邦，也还是印度：山顶上只要有巴掌大的平地，也少不了赤脚打板球的男孩，还有盖了一层又一层的电影海报。

一行人来到黛维亲戚家歇脚，诗戈洗手的时候用水多了点，发现男主人的脸色有点紧张，猜想山区旱季的水有点紧张。他家的女儿帕德玛也是特别活泼，瘦瘦的，被妈妈宠坏了。老爹跟她说你岁数不小了，男女授受不亲，她就不干，连出门坐车看瀑布都非要和诗戈坐在一起。黛维看了也是直笑：父母教育自己的时候，总是说在印度，孩子都规规矩矩，绝不敢如何如何。反正她以后再也不信了。

事实正好相反：印度孩子活泼，对外国人极感兴趣，动不动就几十个人围过来，连抓带闹，还一直笑着，笑声最恣意，最畅快，尤其是女孩子。村里打情骂俏的场景比比皆是，人情味浓厚。一个龌龊精瘦的汉子刚在街道边撒了泡尿，然后去女裁缝家取活，还想吃人家豆腐。女裁缝嘴里笑骂着，顺手抄起一个家伙就抡过去，把男的打得捂着脑袋跑掉。

在这样的山区修养几天后，诗戈的身体恢复得很好。快回到钦奈的时候，又坐了一夜的车，早上才到黛维的另一个亲戚家。家里的女儿刚刚进入附近有名的安娜大学，圆圆的脸，带个大眼镜，挺拔身材，很可爱。听说客人身体不舒服要睡觉，她马上把诗戈拉进自己屋里，说你就睡我床上吧。钢丝折叠床上的被子都没有叠，诗戈就直接钻进被窝里。

女大学生转身带上门，就骑车上学去了。留下诗戈一个人躺在床上，心里想着，青春是多么好的事情，就有一种幸福而温暖的感觉。

# 第十章
# 简

诗戈销完所有的年假，回到公司上班。陈伟告诉他自己又办了去意大利的跟团旅游签证，准备下飞机出了海关就投奔事先联系好的老乡。这也就等于是跟大家告别了。

其他中国来的操作工很羡慕他，但是却无法效仿，因为只有陈伟他们第一批来的人，才有护照。后面来的几批中国人，护照都被负责招工的本地中介公司扣押。

“我有什么幸运的？当初一起来的工友，女的大部分都嫁给本地工程师和技术员了，男的要么攒钱回国，要么就读书拿了本地大专学位，找到更高级工作，换身份永久居留下来。”陈伟吐槽说。他因为攒的钱要支持家里母亲治病，后来炒股又输了不少钱，所以到现在还是一个客工，郁闷得很。

“后面来的这几批更郁闷。”诗戈说道。公司不景气，加班很少，挣不到加班费。新来的中国工人很多是亲戚朋友凑钱给国内的中介交了一笔钱才得以来到这里工作。合约两年，都干了快一年，连中介费都没有挣出来。

本地的中介公司都是公司人事部门的关系户，对中国合同工很霸道。安排集体住宿，收费不低，条件却很差，早上厕所都要排队。公司班车又在等着不能迟到。想自己找住处，扣掉的住宿费又拿不出来，到哪里说理去。

旅行社的人其实知道陈伟的想法，但是无所谓，收到钱就好 。因为意大利不怎么统计这种偷渡客，出入境也都是个人自己的事，所以不影响旅行社的声誉。另外旅行社反正也不管代办申请签证，有人失踪的话，也谈不上影响以后旅行社的签证成功率。就连意大利使馆管接待的意大利中年女士也知道陈伟的目的，因为他先去问单程机票能否签证。人家好心告诉他这样意图太明显，陈伟才去找的旅行社。

到周末打棒球的时候，诗戈发现在自己缺席的几周中，球友中又出现了新面孔：阿尔弗雷多是刚从从伦敦到本地大学就职的生物学副教授，不高但是又黑又壮，肌肉发达，头颅巨大；戴着眼镜，眉毛浓黑，眼窝深陷。

阿尔弗雷多的太太索菲也来了，她个子不比丈夫矮，皮肤白皙，眼睛圆而发亮，抿嘴微笑的时候有两个酒窝。

“这里伦敦人真不少，你们不用担心没有朋友。”诗戈说。

“我们俩都不是什么伦敦人。阿尔弗雷多来自委内瑞拉，我是苏格兰人。”索菲回答。

“委内瑞拉？那可是出美女的地方。不过阿尔弗雷多显然比一般委内瑞拉人更幸运。”听到这里，旁边的阿尔弗雷多也和索菲一起微笑了一下。

“谢谢你的恭维。阿尔弗雷多应该是没有什么精力注意那个方面的社会生活。他出生在贫苦的农村，从小干活，一天只能吃上一顿饭。”索菲一边说一边深情地看着丈夫。

“但是也不耽误打棒球。”旁边的克里斯插话说。

“我们一天吃一顿饭，棒球也比美国人打得好。”阿尔弗雷多说完，和克里斯一起开怀大笑起来。

“那你们是怎么流落到伦敦那个鬼地方的？”诗戈问道。

“哈哈，我喜欢流落这个字眼。我是委内瑞拉政府公派到苏联的博士研究生，在那里的国际学生俄语班上认识了苏格兰来的同学索菲。她仰慕社会主义的苏联，是专门来学俄语和社会学的。我的学业刚开始不久，俄语还没过关，苏联就崩溃了，只好设法转到英国去接着读博士。”

索菲说在学术界生存不容易，但是阿尔弗雷多还是不愿意为贪婪的医药公司工作：既没有探求真理的乐趣，又不道德。

第二天周日没有看见鲍里斯，只有宝拉自己一个人来。诗戈小心稳健地把排球托给不是很熟练的人，让她们能击球过网，感到运动的乐趣。

宝拉说鲍里斯身体不舒服，所以没有来。接着微笑着问起诗戈印度之行的感受。

诗戈能够理解为什么鲍里斯会一下子喜欢上其貌不扬的宝拉。她异常的率真，没有丝毫矫揉造作之气。讲到自己从小出身富贵，锦衣玉食，事事有人伺候，听者不会觉得她在炫耀；说起现在只请得起一个女佣，要精打细算，很多心里想的事情苦于没钱不能如愿，也不是矫情哭穷。对远在加拿大求学的儿子的思念，对同样相隔千里的法国丈夫的不屑，都让人觉得自然。生活中的很多东西无法选择，不值得骄傲或者抱怨。苦难没有放过谁，大家都是苦中寻乐。

尤安娜也睁大眼睛，对诗戈的旅途故事也很好奇。她父亲祖辈的故乡来自喀拉拉邦，就是在神山科代卡纳尔的西边。诗戈是在那里才听拉克什曼说，天主教从中东传到印度西岸的喀拉拉邦，已经近两千年了，比在欧洲的传播还早。

“是啊，你也知道了啊。我们可不是什么近代以来受西方影响接受洋教的下等阶层。我祖上信主的时候，克拉克的祖宗还是离罗马千里之外的林中野人。”尤安娜高兴地说。

“我都没有机会去自己祖先之地看看。你要是能带罗莎琳去就好了，拍些照片，再带一个小十字架回来给我。”

诗戈没有在这里提到黛维的事情。就在去南印度之前的一天，他突然又收到罗莎琳的短信，说正在泰国一个渔村，是律师楼组织大家一起去的。真是太精彩了！难怪诗戈一直喜欢不发达的地方。诗戈眼前浮现出罗莎琳美丽的眼睛和面庞，带她两个人一起去印度？一时间想起旅途种种的艰难，连胸口都仿佛又开始隐隐作痛。

晚上回到家，巴努皱着眉头告诉诗戈：鲍里斯不会再回来打球了。他的肺癌复发，剩下的时间已经不多。

还在诗戈与黛维在南印度游玩的时候，拉奥和喜雅早已完成婚礼从印度回来，住进了拉奥新租好的组屋，就和昊明小燕他们的差不多。

一个月后，黛维和诗戈受邀参加了他们在自家楼下的晚餐聚会。喜雅似乎已经是很娴熟的女主人了，大方优雅地迎接招待客人。诗戈再次努力回想起那个孤零零的别墅里闺房的布置。几个星期内，这位女子经历了如此巨大的环境变化。

“她可能才了解到自己的丈夫和这些人所过的工薪阶层的生活吧。”诗戈这样想着。

颍君在电邮里告诉他，这次去的石建筑遗址，有可能是中国《宋史》中的朱罗国，同时还附上了一些网上的相关链接。诗戈觉得很有意思，想告诉黛维，但是话到了嘴边，突然感到今天她的神情有些异样。而且这个变化不是一次大开眼界的旅行就可以解释的。

拉奥和喜雅看出了诗戈的迷惑，也对他的不知情感到惊讶：“黛维的父亲突然中风去世了，你还不知道?”

诗戈前去安慰黛维的时候，她一下子连话也说不出来，低着头，眼泪都快出来了。过了一会儿，才低声说：“我妈妈好惨。家里的支柱一下子倒了。幸亏我和哥哥都毕业工作了。家里的经济状况一落千丈，车子都卖掉了，也没有大用处了，我们几个都是坐公交上班挣工薪的。”

陈伟走了一个星期后，居然又回来了。一个人沮丧地坐在那里喝咖啡，看见诗戈还很不好意思。

“我这边的一些个人物品都分送工友了，现在又回来。”他尴尬地说。

原来到了罗马，出了机场之后，陈伟就东张西望，等着老乡来接。旅游团领队也指望看着他走了以后，全团再集合去订好的旅馆。没想到左等右等都不来，电话也不通，整个团的团员都不耐烦了，陈伟只好和大家一起走了。

等到第三天，已经到了西西里，导游才打通老乡的电话，说是有急事，这两个星期都不会在意大利。结果陈伟就跟着旅游团走了6天5夜，又回来上班。

这个时候，学校的假期已经开始。帕特里克和凯西娅的女儿简，又从伦敦飞回来看父母。

和上次见到她的时候相比，简几乎完全变了一个人。首先是长胖了不少，头发剪短了，神情也变得完全不一样。总是微笑着，眯着眼睛打量人，好像她什么都懂似的。这让诗戈不禁想起在中国学校里的一种类型的女生：不算很漂亮，但是成熟自信，有主见。其他女生叽叽喳喳谈论男生谁比谁帅，谁才配得上谁。她们一声不响，兜里却揣着这些男生的纸条。

“元旦的时候，第一次见到你，就知道你是属于我们的，是年轻人。”两人在一起的时候，她对诗戈说。

简心里对英国和英国人充满鄙视，认为他们一无是处，甚至连英语都讲得不如外国人，还看不起别人。她实在不能理解世界上为什么还有这样愚昧和不文明的人群。这里面可能有波兰母亲的影响。但是南非来的戴维的感受可能也差不多，俩人正巧都在英国上大学，学校也不远。

“和社会格格不入的人彼此感觉很近，我们很快就同居了。”简是属于那种从小就比着谁先有性经验的女孩子，十五岁就骄傲宣布和男生上过床了。父母也不管，觉得是天经地义的。

诗戈猜想她也不会喜欢艾奥拉和弗洛伦丝这些英国老师。威廉这样的商人就觉得他们无论男女都见识浅短，除了扯淡，白话，一无所长。幸亏英语是世界的通用语，能到海外教书。因为饭碗乃是大英帝国从前无上荣光所赐，所以有强烈的遗老遗少倾向，处处流露高傲情绪，满嘴的英国文化传统，什么三权分立、文官制度、绅士风度、淑女仪表，对亚洲满肚子埋怨和不满。也不是她们本来就蠢，而是和职业有关。对世事一无所知，本应碰得头破血流，但是偏偏说话还有人毕恭毕敬地听，所以就不进步了。

但是另一方面，这种谈吐雅致做作，思维简单幼稚的特征，和由此而来的明显的脆弱性，确实能给女性带来一种楚楚动人的气质，引起男人的爱怜。只是这种爱怜往往不会长久，所以才有这么多孤芳自赏的怨妇。所谓“淑女”，实在就是英国男人制造的概念，和中国的小脚女人一样。造得太多，对男人整体也是伤害。

简读的是理工科，可是热衷于各种社会活动，一心想毕业了去大赦国际之类的地方工作，参与改造社会，从来没有准备当个什么工程师。

“不过我父母一直告诉我，千万不要自以为是非善恶是那么简单的事情。在西方老百姓只有被洗脑的权利，不知道什么真相的。我们只对自己社会的问题有发言权，不应该随便定义世界其他地方的是非善恶。”简小心地这么说，不过还是不甘心地加上一句：“当然美国肯定是坏的。”

诗戈和黛维见面的次数越来越少了。

在别人面前，她还是原来那个温和、善良、愉快的女孩。但是诗戈感受到了明显的变化。从小受宠爱受保护的公主，经历这样的变故，也不得不成熟起来。她格外感受到和母亲，还有死去的父亲的情感纽带，还有这种联系中包含的爱、期望和责任，不愿意做任何会让母亲和死去的父亲哪怕有一点难过的事情。

“我理解，这是大多数人情感成熟的历程。”诗戈注视着黛维的眼睛，感觉到那种告别的深意。

他再看见鲍里斯，已经是在火葬场。棺材里冰冷的尸体。化妆后蜡白的脸色，头发都因为化疗少了很多。很难想象这就是到最后几天还被医院的女护士叫成邦德的人。也许护士成天和病人打交道，也很郁闷，背后给每个男病人都起一个有生气的美男子的绰号。

那也是大家第一次看见鲍里斯的妻子，被一群沉默呆板的俄罗斯人围着，完全没有陌生的感觉，正是大家想象中的高傲冷漠，散发权力感的类型。那群俄罗斯人坐在一边，酒吧人士和眼睛哭得发肿的宝拉坐在另一边，尴尬得很。鲍里斯沉默寡言的儿子是两群人唯一的纽带，带大家去向他母亲致意。

棺材也不过就是中档的。他妻子上前去，低头端详着鲍里斯的脸，看了一会儿之后，在他脸庞边放上自己的一束花。

从炉膛开口处，看见蓝红的火苗舞动，表达着来自另一个世界诡异的召唤。

几分钟后，一切都灰飞烟灭。

诗戈工作的公司又在裁员。凯文的老板自己选择拿了一份很好的补偿金，离开公司去开了一个小饭馆。开欢送会的时候，他显得轻松，还有点兴奋。

“下次的公司瘦身，恐怕就没有这么慷慨的补偿金了。”凯文对诗戈说。

诗戈自己也开始针对报纸和网上登出来的相关职位投简历，但是回复的寥寥无几，让他觉得很失落。

只有和简在一起的时候，才感觉轻松。作为一个简单的外来打工者，每天面对的是最无温情遮掩的社会现实，没有兴趣也没有那个社会经济基础赶时髦讲品位。与一般女性相反，简是绝对不会去看泰坦尼克这类好莱坞电影的。她感兴趣的正是赤裸裸的社会现实，并且立志要改变它。

两人特别投缘的话题，是红灯区。在和彼得同居以前，简曾经专门住到那些女孩子中间。

“我们合用一张床就够了。反正我白天上课，晚上睡觉，她们是白天睡觉，晚上出去工作。”到现在她也还怀念那些日子，经常回去看看，听过去的室友讲故事。简挺佩服她们，做事有担当，钱也挣得哗啦啦。

“这边的情况不同。卖身的女子的生活可没有那么得

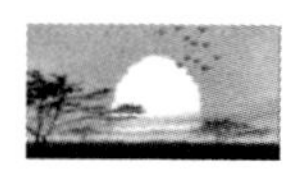


意。”诗戈带着简一起去红灯区当街吃晚饭。她亲眼看到，虽然这里人流熙熙攘攘，不过主要是吃饭的，皮肉业者生意不景气，一晚上接不上几个客人，有时候还没有躲警察的次数多。

“我自己第一次来的时候，东张西望。街边卖水果的老头怀疑来了便衣，高喊一声‘榴莲’，各个国家的姑娘们就都进门躲起来了。”诗戈将起自己的经历。华人老板问他喜欢什么样的女孩子，他回答说黑皮肤的。老板勃然变色：我们这里的华人女孩，皮肤一个比一个白，你是来砸场捣乱的吧。接着伙计们就要过来教训他。诗戈快步往前走，但是伙计在后面大喊暗语，前面店的伙计也出来堵截。他只好向侧面走，从黑暗的有着尿骚味的小巷里脱身溜走了。

不过后来他去那里吃饭的次数多了，和姑娘们还有大哥都比较熟悉了。

街边的一个中等个子的南京女孩戴宁是诗戈认识的，也一起坐下来吃饭聊天。诗戈告诉简，戴宁是因为做服装生意亏本，才来这里卖身赚钱还债的，并且在她俩之间当翻译。

正在聊着，路过一位中年妇女，矮矮胖胖，眼睛细细的，有点怯生生地说：“我也能一起吃吗？”戴宁说大婶是河南人，和自己不是一个大哥下面的。只是物以类聚，人以群分，都是爽快人，所以合得来。

“你们是相好啊？”大婶问诗戈和王静。

“不是相好，我就是经常这里吃晚饭，认识的。”

“是啊，我要是男的也会喜欢常来这里，男人在这里爽啊。”大婶说。

诗戈不觉又多看她一眼，觉得还真是挺耐看的，有点勾人。

大婶没吃几口，来了一个黑黝黝粗胖的中年人来找她。大婶忙说：“这是我老公，呵呵，能不能坐下一起聊聊啊？”

“欢迎，您哪里人啊？”诗戈急忙说。

老公坐在大婶旁边，却不回答。

“分什么哪里人，大家还不都是中国人。他祖上是海南人。”大婶又说。可是她老公还是不说话，眼神里明显对诗戈还有敌意。听到旁边的戴宁解释说，这个兄弟没有碰过你老婆，他才缓和一些，但是还是不说话。

大婶也不知道是说给诗戈听，还是说给老公听：“我老公是个好人，实在人，是真的在乎我。可是我不能不做啊。”诗戈一下子没明白。旁边的戴宁也插嘴，他和简才搞清楚。原来老公照顾大婶的生意后，就喜欢上了她，不舍得她出来做。下班看家里没人就知道她又出来了，就出来找，要她回去，说是穷点也能过。可是大婶在河南还有两个孩子，大的上高中了，要等着她寄钱回去。这个老公自己也是离婚的，还要供养两个上中学的女儿。他不过是个工头，收入不高，大婶不能指望他。

这里的消费者大部分都是体力劳动者和贫苦的老头，价位不高。大婶也没有更多的指望。但是戴宁这样的都希望能像俄罗斯、西班牙，还有年轻漂亮会说英语的菲律宾、泰国姑娘那样，去五星酒店那些消费高的地方，多挣点钱，可惜就是不会英语。

简转过脸来看着诗戈，等着他翻译戴宁的话。

“我不知道怎么帮助她。这个很危险。”诗戈有点惊慌地告诉简，“这里虽然是站街，毕竟还是自己的地盘，有大哥罩着。到了那种地方，你去人家的地方，不知道会怎样。这里的几个西班牙姑娘就不去那种地方。大部分俄罗斯姑娘也只带客人回自己的房间。那种客人很少，有专门的渠道。”

“不过我可以带你去看看。”

“那太好了。我们现在走吧。”简说道。

“真是一个令人心碎的场景。你对此都习以为常了吗？”在出租车上，简对诗戈说，眼泪都涌出来。

“我习惯了看好的一面。现实无情，但是也能看到更多人性中真实而美好的一面：真诚、善良和同情。”

除了挣钱少，以及站街拉客的脸面问题之外，还有另外一个角度的女人自尊。戴宁这样年轻白净的女性，也不能和那些招摇过市顾盼自怜的“美女”们相比，就像小灰母鸡无法媲美羽毛鲜艳、昂首阔步的公鸡一样。那些男人变成的“美女”卖身挣钱的唯一目的，就是攒够下一次去泰国的手术费，让自己更加完美。

讲到这里，诗戈想起了公司里的同事查理那张手术后浮肿的脸，还有提起他时穆娜鄙夷的神情："不会很久了。他的归宿就在红灯区。"

鲍里斯的故事没有因为他的去世而结束。宝拉一直没有从打击中恢复过来。

"你是一个有心性的人，会理解我。"她拉着诗戈的手，讲述对鲍里斯的思念。每次一开始就停不下来，直到泪流满面。

"你知道我出身富贵，从小不会做家务。但是为了自己亲自照顾他，不让女佣来打扰二人世界，学会了所有很多东西。虽然癌症晚期病人不可能有任何性爱了，但是我们是真正的爱情。妮佳她能像我付出这么多吗？"因为治疗的花费巨大，鲍里斯经济上已经不富裕，宝拉还出了很多私房钱。

宝拉去找鲍里斯的妻子，要求得到一份骨灰，甚至要求鲍里斯的儿子帮忙。诗戈觉得很难，天下没有妻子愿意和别的女人分享丈夫的骨灰的。不论感情怎么样，这一生也就是这么一个丈夫。尤金也不可能说服他母亲。

"年轻人只凭青春朝气就够了；上了岁数，就特别需要地位、子女、财富这几个东西，不然难免潦倒寂寞。鲍里斯起码缺了两样，还能有一个温柔中的归宿，也算不错了。”尼克感叹道，然后又笑着问诗戈：“我听到报告，你最近老是和金发美女一起出没？搞定了没?”

两人最近很谈得来。诗戈不感兴趣那些如何奸污女佣的话题，也不会去参与吸毒滥交的聚会。但是在放浪形骸的外表之下，尼克其实是个相当真诚善良的人，有一种四海之内皆兄弟的江湖气质：对诗戈这样处于底层，没有任何背景，而且与他并不类似的人也很尊重。

尼克很在乎女友斯黛芬妮，每次见面都不止一次地问诗戈，怎么看待他俩在一起，是不是觉得很荒谬：“我怎么可以配得上她？我不知道自己凭什么有这么好运。什么时候，她明白了，就会离开，不过也许这样对她更好。”

诗戈和他的关系够好，可以把中文的“一朵鲜花插到牛粪上”，还有“癞蛤蟆吃到天鹅肉”的说法告诉尼克。尼克觉得很形象，之后来到酒吧的时候，就经常自称“牛粪来了”，或者“癞蛤蟆来了”。如果是和女友一起来，就把“花儿”和“天鹅”加上，斯黛芬妮叫他不要这样，也没有用“你早晚会成为高飞的天鹅”。

衣食无忧的公子哥，对贫寒纯真女子的爱情，可能是真诚的，但是却很肤浅。他自己也能明白，所以寝食不安。在这一点上，连安东尼也没有讥讽尼克。

梅是从菲律宾偏僻的小地方出来的，到马尼拉都要换

几次车，过几条河。很不方便。

从小地方到了马尼拉，见了世面，就决心要高飞，出人头地，再不听她妈的劝。人家看她姿色还行，给介绍到迪拜，在酒吧里面打工。

在那里她认识了一个当地的什么王族成员。据说那个地方本地人口中相当比例的人都是酋长的亲戚，都能算王族。就跟中国张家村几乎一大半人都姓张一样。不管怎么说，反正人家有钱，把她包下来，住在一间公寓里面。每月零花钱不少，还能往家里寄。

那是她念念不忘的人生巅峰。从某种意义上来说，梅的奋斗理想实现了。但是王子的家里人对她特别反感，尤其是他表妹，成天威胁梅这个狐狸精。因为他们家指望王子娶自己的表妹（是另一个表妹，不是老来骂她的）。梅实在很苦恼的时候，就找老乡喝喝酒聊天解闷。好在后来她怀孕了，肚里的孩子成了和王子家里对抗的最大资本，王子也对她格外关心照顾。

没想到孩子生下来，是个纯菲律宾人，不是王子的种。原来是找老乡喝酒解闷的产物。菲律宾母系社会意识遗存很重，男人生下来就照镜子，能歌善舞，培养靠姿色吃饭，到处留种但是没养家的意识。世界上菲律宾人多的国家，什么才艺竞赛，超男超女，对他们参赛都要控制，不然放他们进来，别人就没什么指望了。

梅被王子扫地出门，只能带着孩子回到老家，把孩子交给母亲，又去马尼拉找机会。在酒吧认识了美国来的白人 IT 工程师。对方在菲律宾呆了两个月，把她肚子又搞大了。回国后，寄了几次钱，一次比一次少。然后就没有消息了。她只好又把两个孩子都放在母亲那里，自己出来混，在酒吧卖身。

和如花似玉的青春女孩同场竞争，她压力越来越大，可是还是不死心，穷人她还看不上。万一有个负责任的有钱人呢？

“你觉得希望大么?”简端着啤酒杯，眼睛看着梅。酒店地下室的舞厅里，灯红酒绿。她们和梅的老乡伯纳德还有诗戈坐在一张桌子旁。旁边是一张台球桌。和梅操同样生计的女孩子，弯身打球，展示自己的身姿和气质。

“渺茫。大部分白人顾客，都像野兽一样，一进门就扑上来把我推倒在床上，扒掉衣服。”梅的表情很无奈。

不过诗戈知道其实她已经和一个美国人查克结婚了。查克看上去有 50 多岁，又高又胖，大肚腩，大胡子，秃顶。他本来在德克萨斯的国土安全部上班，被派来本地协调反恐工作。大家在介绍的时候，总是不忘了提到查克是大名鼎鼎的阿米什人。而他一有机会总是习惯性地解释，严格来讲自己不是阿米什人，老婆才是。

“但是说我是阿米什人也不算错。”查克很宽厚。他们家本来是属于和阿米什类似的一个社群，但是离现代社会更远。小的时候查克被灌输的概念就是千万不要像阿米什社区那样被现代化腐化了。后来他家搬到一个新地方，没有自己的社区，只好和阿米什人混在一起。在那个时候，一旦被堕落的阿米什人之类的社区污染变节，他们就不可能回到自己的社群了。他后来就一直在阿米什社区长大，还娶了阿米什人当老婆，生了几个孩子。但是自己内心还是不知道自己是谁。

好在时代不同了，两个社区都受到现代化冲击，艰难支撑，他原来的社区已经不那么鄙视阿米什人了。他的孩子作为阿米什人如果和自己原来的社区的青年结婚，就没有任何障碍，两边都会很高兴地祝福新人。

后来他被国土安全部派到东南亚，就是干那种货船上扫描有没有危险品的系统，在出发港安装验收了，开出证明，进美国的时候就不用那么严查。土了一辈子的老胖男人，对城市诱惑没有一点抵抗力。下了飞机头天晚上被人带到酒吧，第一个上来搭话的梅就把他搞定了，当天晚上带回房间，第三天就打电话给国内老婆离婚了。

查克是典型的善良淳朴的德州人。带着梅到处参加聚会交朋友。不过到结婚酒席的时候，那些平时春风满面的白人女性，一个都没露面。

任务完成后，查克就回国了，留下梅在这里等着绿卡，一直批不下来。因为在当地没有身份，查克希望梅当个女佣，工资他出，白给人干家务活，就要个居留身份，同时解决住处。这种便宜事，也没人敢答应。家里放个年轻单身女的，哪天自己喝多了，醒过来被人告强奸怎么办，还是朋友妻。

梅有过以前的经验，知道男人都靠不住，又嫌查克给的钱少，只能出来接着干吧女。

伯纳德是诗戈的同事，文质彬彬，皮肤白净，菲律宾口音很重。最早就是他带着诗戈下班后来这里认识梅的。在梅和简聊天的时候，他和诗戈聊起公司的事情。凯文的老板走了之后，从其他部门来了一个新经理，把供应商一个一个找来谈。刚谈完第二个，就把凯文叫进去。没过多久，就看见公司人事和保安都进了经理办公室。然后门开了，凯文被保安押着一起直接走出去办公室，连回自己座位拿个人物品的机会都没有。

"听说之前供应商要给凯文 40% 的回扣。新经理逼他们降价，揭露凯文，保住合同。"伯纳德说，"这种肥水很大的职位都是本地圈内人的。"

"我爸爸和妈妈都激烈反对我和你交往。说我和他们都不了解你，不知道你的过去、背景，怎么能轻率做决定?"

听到简这么说，诗戈有些惊讶。他和简交往，帕特里克和凯西娅从来没有当面表现出任何不悦。而且他们对这种事情似乎一向放任自流。看来天下父母心都是一样的。学电子工程的戴维和简算是中学校友，现在虽然没有毕业但是已经在一家公司实习快一年，基本上算是有了经济基础。和很多背井离乡的南非白人一样，他为人低调，实

际，努力。

“正好做我的经济后盾。当然，我也想和你结婚。”简对诗戈说。戴维也在找房子，准备贷款付首期，结婚过日子了。两人结婚，父母最放心不过，一桩心事可以了结。

但是诗戈觉得对自己的评论未免有些不太公平，不像他们一贯的作风。他俩一向倾向中国。在电视上看到“十一”阅兵，还专门来向诗戈祝贺。简也很奇怪，问妈妈说，“你们不是喜欢中国人吗，有什么问题吗？”

“中国人和中国人也不一样。你知道他在美国读过书吗？他恐怕和普通的中国人不一样吧。”凯西娅说。

诗戈这才想起，帕特里克和凯西娅是那种这一生走遍世界也绝不会踏上美国土地的人。连过境也不干，宁可绕道飞。

“在美国读书又怎么样，我不是还在英国读大学吗？杰森不是还在德国工作吗”简问妈妈。

“你在英国读大学，是因为你爸的合同都是短期续签的，我们不知道能在一个地方呆多久，只能让先你上英国学校。你没有上当地学校，语言程度不够，上不了葡萄牙的大学。中国大好国家，他为什么跑去美国读书，读完也不回去，谁知道是怎么回事？我和你爸会把你和你哥送去美国读书吗？中国女孩子不好吗？他为什么都没有一个中国女朋友？”

“也许你妈妈说的对。”在简的注视下，诗戈想不出什么其他的说法。

“你见过你妈妈那边的亲戚么?”凯西娅曾经带来的波兰的亲戚孩子，没有一个不因为和西方的某种接近而沾沾自喜的。

“我妈妈她在西方，饱受伪善、愚昧、傲慢的民众的屈辱。她说，年轻人不懂事，早晚会懂的。”

“如果我们结婚。你也来伦敦发展吧。伦敦在英国，但它是属于全世界人的。一开始的时候会苦一些，只能睡在我们家沙发上。”

# 第十一章
# 安东尼

合约到期的时候，一批中国人也没有续签。倒是来得最早的一批中硕果仅存的陈伟，又被挽留下来做培训。

“我不想干了，和他们一起回去。”在工间喝茶的时候，穿着短袖和牛仔裤的陈伟告诉诗戈。旁边其他座位上，很多工友脸上都有着一种轻松兴奋的神情，谈论憧憬着将要来到的新生活。站起来去倒茶或者咖啡的时候，步子很大很坚决。似乎休息室的灯光和橘黄色的桌子都比平时格外亮一些。

“为什么?”诗戈很吃惊。好不容易实现了理想，脱离了一线，花钱在本地上个学校学商业或者电脑什么的，9个月毕业，就可以留下来在本地生根了。找个对象结婚，买房，共同奋斗，是一眼可以看见的道路。

“受的打击太多，心灰意冷了。”陈伟的一个中学同学跟着自己哥哥做生产箱包生意，发展挺快，前一段时间还来过本地出差，和陈伟一起吃了一顿饭。他刚开始说自己混得不行的时候，同学还觉得是谦虚。因为很少喝酒，几杯啤酒下肚，吐槽多了，同学才知道他真的很苦闷，回去后，就不断在电邮里诚恳邀请他加盟，帮助公司拓展海外业务。他基本上已经动心，做了很多憧憬和计划。

“你还记得凯文吗？”陈伟转了话题。诗戈点点头。

“他用积攒的回扣，开了一家车行，生意还不错。他老板正好相反，用离职补偿金和几个朋友开了一家饭馆卖鸡饭，没几个月就关门了。钱赔进去不说，多年的朋友也完了。人离开机构，才能知道自己的斤两。”

“哦。是这样的。”诗戈点点头。他理解了陈伟的想法和决定。其实自己也在联系工作，主要是往供应商那边找，有一个已经面试了4轮。可能马上就可以辞职了。

回到办公室里自己的隔间。颖君在电邮里说可能又要来出差了，只是具体时间还没有定。不过不是为原来的那家公司服务。她年初就换了工作，出差很多。这次是柬埔寨的一个项目，不过都要路过本地。

这个周日是一个艳阳天。下午去打球之前，诗戈拿着小尖头铲，来到院子里。草地边上的树林中，两棵叶色青葱的大叶榕的连线上，是他埋葬抓到的老鼠一家的地方。

老鼠的罪孽很多：总是来偷遗像前长明油灯里的油，把灯盏打翻，留下老鼠屎。踩了旁边电灯的开关，使得晚上电灯突然熄灭。而且还会引来蝮蛇进入房间。诗戈和巴努就打死了一条进入房间的小蝮蛇。

巴努拿来一个捕鼠的铁丝笼子。前两次抓到的是小鼠。最后一次把一只很大的母鼠抓到在池塘淹死后，就没有老鼠再来偷油了。小老鼠在笼子里已经很疲惫了，笼子被拎起来的时候，还是焦躁不安。到了池塘的水面上，一下子就绝望地尖叫挣扎起来。看来怕水是它们的本能反应。母老鼠闻到水的气息没有小鼠反应那么激烈，但是在水里窒息之前挣扎的时间更长一些。

不过死亡还是非常短暂的过程。每次诗戈都打开笼子，用尖头铲挖坑，把遗体埋在有地标的地方。第一次是连线中点，然后是1/4和3/4点。现在他想看看有没有骨骼剩下来。只挖出一个小鼠的头骨。可能是埋得浅，热带酸性土壤，骨骼也不容易留下来。

打完排球之后，上个星期才新加入一起打球的杰瑞把太太斯黛拉也带来了。杰瑞是马来西亚华人，个子中等，黑瘦干枯，手臂和小腿青筋暴露，没有一丝脂肪。他临时在这里有个小装修工程。斯黛拉是个瘦弱的华人妇女，穿着桃红色碎花衬衫和裙子，坐在杰瑞的边上。眼神羞涩迟疑，从不开口说话，连答话也没有，只是点头。

“我太太精神失常很多年了。”杰瑞解释说。斯黛拉年轻的时候，文静温婉可爱，一心崇拜西方文明，最大的心愿就是要去欧美看一看。杰瑞辛苦打工挣钱，给她办了去温哥华的签证和机票。等到临上飞机的时候，斯黛拉也不知道是因为紧张激动还是怎么的，似乎感冒了。她坚持要按计划旅行，生平第一次坐飞机，实现多年的心愿；但是又听说病状太明显，也会被海关阻止入境，因此格外担心起来。这样在航班上病情加重，终于在入关的时候身体崩溃，没有进入加拿大境内。从那之后，斯黛拉就精神恍惚，既不能工作、做家务，也不能生育孩子。

“这些洋人都是很善良的。”杰瑞和巴努指着弗洛伦丝和伊丽莎白。斯黛拉点点头，还是没有说话。弗洛伦丝和伊丽莎白很尴尬，一时不知道说什么好，也只能陪着笑。好在杰瑞很快就带着斯黛拉走了。

“你们就代表整个西方世界的洋人，替她圆了梦。真让人感动。”诗戈阴阳怪气地发话了。

“洋人可不都是善良的。”弗洛伦丝一本正经地说。

“世界上再没有什么，比殖民主义更戕害人的精神。”诗戈已经不止一次听到伊丽莎白这么讲。

穿着背心的巴努问诗戈，还有没有和罗莎琳来往。

“她现在不在本地。她妹妹终于签了法国的模特公司，实现了自己的梦想。刚去巴黎开始工作，年底会很忙。罗莎琳和妈妈都去支持照顾她妹妹了。”

“哦。”巴努点点头，接着说年底本杰明、萧娜和艾拉、杰森姐弟他们一家会回来休假。

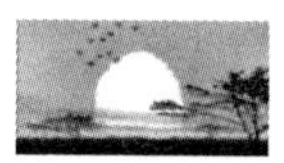

“伊梅尔达呢?”诗戈想起那个矮瘦清秀，性格腼腆的菲律宾女佣。

“她不干了。其实伊梅尔达本来在菲律宾是拿过计算机学位的，干了这么多年家政，也该出去了。而且萧娜在那边也不上班。本来就是想把玛丽带到欧洲去，在那里好让她自己发展。也算是对她这么些年忠诚工作的一个回报。”

“哦，欧洲做计算机专业的工作工资高。”诗戈还有点羡慕。

“她也没做计算机。找了个当地的菲律宾男友结婚，俩人经营一家护理院的生意。”

“听起来不错啊。本杰明一家回来就热闹了。自从鲍里斯去世，人丁不旺，好像奈德也连着几个星期不见了。”就连墙上的壁虎今晚也没有现身，只有白色的日光灯，照着墙砖。

听到这里，巴努的脸色有些难看：“他们回澳大利亚了。在例行体检中，发现乔伊斯一个腋窝里有肿块，在这里就确诊了是淋巴癌。澳大利亚那边医疗免费。”

“乔伊斯是个好姑娘，淋巴癌的治愈率挺高，她又很结实，会好的。”伊丽莎白说。

“嗯，我也这么想。”诗戈附和着。然而在心里不禁想起莉娜。也是在一个夜晚，在这个角落，她曾经坚决声明：“我不相信任何宗教。被牺牲的总是最无辜最弱小的，比如孩子。如果有造物主，或者救世主，那他肯定是一个混蛋。”

“丹尼他以前脾气更坏，现在已经好多了。”在大学教工俱乐部的院子里，脸上发红光的克里斯告诉阿尔弗雷多和索菲。他的头顶也光光，和阿尔弗雷多一头浓密黑发形成鲜明对比。

长条木板的桌椅，因为日晒雨淋，表面都已发黑。周围的热带植物在夜晚的微风中，悄然无声。

下午打球的时候，站在本垒的诗戈刚接到克里斯传来的球，就被跑垒冲过来的阿尔弗雷多撞飞，球也从手套里脱掉了。

“你不能对他这么干！”丹尼认为诗戈已经接稳了球，阿尔弗雷多出局，而且行为野蛮危险。但是阿尔弗雷多觉得自己动作合理，诗戈没有接稳球，他跑垒得分。两人推搡起来，被诗戈、马特和克里斯拉开。

这两人之间的矛盾其实早就在酝酿发酵：阿尔弗雷多用一切机会奚落美国人；索菲还参加了反美游行。丹尼的妻子萨布瑞娜听多了就不高兴。

“其实丹尼自己不是美国人，他是多伦多人，只不过在美国读博士，娶了个美国老婆而已。克里斯倒是个地地道道的美国人”，诗戈也给阿尔弗雷多和索菲来讲古。

“真的吗？不像啊。”阿尔弗雷多的啤酒杯到了嘴边又停了下来。他完全没有想到丹尼会是加拿大人。其他加拿大人都乐于奚落美国人的自以为是。

“他对美国也没啥特别感情。就是不喜欢说美国体育不好，因为那就等于说他的大学球队不好。”

丹尼也曾经对诗戈吹嘘自己是库克船长的后代，不过他最热衷于自称“工人阶级”，以朴实谦卑苦干的人生价值自豪，满嘴是“资产阶级”、“剥削”之类的词语。但是在生活中一再碰壁。丹尼和萨布瑞娜结婚后拿到了美国绿卡。一次入境美国的时候只是出示了加拿大护照，忘了拿出绿卡来给海关看，出境的时候绿卡就被没收了。到本地工作后，因为文化隔阂，不善于和校方交流，两次被突然解约，非常狼狈。倒是以家属身份跟着老公来到这里的萨布瑞娜，混得不错，站稳脚跟，成为一家的经济支柱。身材瘦小的萨布瑞娜替好几个美国野鸡大学在这里的分校招收亚洲学生。很多中国学生来这里的美国大学海外分校上学，就是希望之后去美国本土留学时候，申请签证的成功率高一些。

“根本就和签证没关系。她自己老公的绿卡都被剥夺了。但是人家就是愿意送钱来。”克里斯鄙夷地说。萨布瑞娜还去给美国使馆当义工做顾问，没有报酬但是多了一张名片，就更吃香了。几个大学的本地分校都给她留一间办公室，大部分时间办公室的玻璃门都紧锁着，上面一块醒目的牌子：“美国大使馆教育顾问萨布瑞娜女士”。她拿着惊人的薪水，要做的事情只是轮流去这些办公室，呆上个把钟头，让人家隔着玻璃门，看见确实有一位浅色长头发的白人职业女士在里边办公而已。前不久，萨布瑞娜刚刚去上海回来，出身印地安娜州乡村的她，惊叹那里城市的繁华，女士衣着入时。

丹尼曾经偷偷告诉诗戈，萨布瑞娜的收入，不知道引起了使馆里哪个人的嫉妒，到税务局密告了她，结果被调查，付出高额罚款。

“他们美国人表面上都满面春风，知人知面不知心。”丹尼那个时候可不是那么向着美国。虽然是和自己国家政府的过节，但是不知怎的，这件事反而增加了萨布瑞娜在本地的不安全感，让她更加怀念密歇根小镇的家乡。“没有地方能跟家乡比”是她的口头禅。

作为美国人，克里斯对自己的家乡记忆是那么清晰，但是感觉却已经模糊。他是南方一个大学城长大的孩子，父母都是大学老师。上了中学，他才体会到自己的小环境和广阔世界差别有多大。周边乡村中学的孩子，连上本地州立大学的都很少，大部分中学毕业就进入社会工作。哪怕是在大学城里面的加油站或者商店里打工，也不觉得这个庞大的地区经济支柱和自己有什么其他层面的关系，或者在生机盎然的校园里背着书包的同龄人和自己有任何相似之处。而大学城中学的孩子，一般还看不上自己这个大学，都向往常春藤，甚至还出了两个拿罗兹奖学金去牛津剑桥的。山里出来的小伙子，进大学就是为了拿到校篮球队比赛的球票。听说报到的时候只注册系和课程，不发球

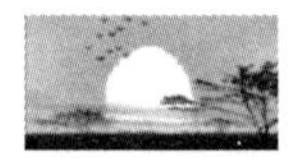



赛的季票，就回家了。

人和人之间这样巨大的区别，让他受了刺激，失去了对家园的坚实的信任感。他走过的地方太多，见闻也广，就成了一个永远在路上的人。温和，宽厚，除了对小布什发动战争，很少看见他显露出愤怒之情。

加拿大对多元文化的宽容要比美国好得多。虽然如此，华人还是和白人有明显的不同。阿尔弗雷多的老板生物系主任约翰钟的事情最让克里斯感触最深。

“他儿子结婚的时候你还没有来。”克里斯对阿尔弗雷多说。约翰夫妇都是槟城长大的马来西亚华人。儿子唐纳德在父母读书的麦吉尔大学长大，后来父亲去了布朗大学教书，他也跟着去那里，现在又在本地的一家药品公司做地区分销。约翰夫妇从来没有跟儿子说过结婚要找华人，听到唐纳德说自己处了女友，他俩并没有问是什么人，只是说你自己的选择我们都支持。但是双方父母见面的时候，一眼见到对方父母明显是两个华人，约翰夫妇扑上去，四个人男对男，女对女，抱在一起大哭。原来唐纳德的岳父岳母也是一样，听女儿说找了一个加拿大男友，也没有好意思问是不是华人，只是心里忐忑不安。

“华人心里有这么坚强的根。”克里斯很羡慕。

“我还真不知道约翰有这个故事，只是知道他马上要回中国大学定居工作了，完成他一生的夙愿。”阿尔弗雷多说。索菲也能理解：“我们苏格兰人民族意识也很强。当初被英格兰人压迫时，家里往往一个人选择妥协，和英格兰人合作，另一个成员选择抵抗。这样不论结果如何，总有人能幸存下来，也就是苏格兰能保存下来。就和诗戈说的他的家族有人参加共产党，有人参加国民党一样。家族是永存的。”

“但是诗戈他自己反而不一样，总是想找印度女友。”克里斯悠悠地看了诗戈一眼，又对索菲说：“而且不像你们，是因为价值相近走到一起的。”

诗戈正在回想黛维说的要找个亲戚介绍的印度丈夫让妈妈安心，听到自己一再被点名，也不知道说什么好。

“别误会我啊。我的意思是，中国一定是个比加拿大更加平等的国家，所以人们没有太强的种族意识。”克里斯解释说。阿尔弗雷和索菲都点点头：“肯定就是这样啊。”

诗戈还是没有话说。他想起凯西娅问简的话，“中国人是平等、善良、非物质化的。他为什么就没有找到一个中国女友，能分享他的价值和理想？”

颍君从印尼过来的时候，正好赶上巴努的外甥女瓦妮卡又从伦敦回来探亲。一起回来的，还有安东尼的女友，在剑桥读书的温妮。晚上，三个人都来到帝国酒吧，加上凯文、阿伦他们，和大家一起聊天。一下子坐了两桌子。

和年初相比，瓦妮卡更消瘦了。她已经拿到了律师资

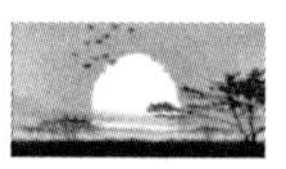

格，并且加入了伦敦一家不错的事务所，接触的客户也都是社会上层人士。巴努还提起同样是在律师事务所打工的迪克，现在也出来自立门户单干了。他是靠打赢一个有名的刑事案件出名的。

"噢，我也记起来了。就是那个孟加拉建筑劳工被工友谋杀的案件？"从媒体的报道，工友是明显的、唯一的嫌疑犯，受害者的衣物都在他手里。诗戈本来就很少看报纸和电视新闻，后来也没有关注了。没想到这个也能给辩护成无罪。不过诗戈没有看到迪克身上有什么积极的变化：他的眼神更加疲惫了；以前带来女友，都只出现一次，就不跟他继续往来，近来连女友都没有见到，开始一个人闷闷地吸烟喝酒。

"上次在诺顿家认识的，我一直都记得你，"穿着黑底黄色小花衣服的艾奥拉对颍君说，"你比原来更干练自信了，虽然看上去有点疲惫，可能是刚下飞机的缘故。"

"谢谢，我也记得你们。诗戈他有你们这些朋友也很幸运，他在电邮里也经常提起你，说你是个作家。"颍君梳着齐领的短发。

"我？作家？只是在香港的期刊上写点东西，得点零花钱罢了。基本上还是一个英语教师。"艾奥拉手把着啤酒，带点血丝的眼睛又转向诗戈，"顺便打个招呼啊，最近我投给香港一个杂志的小说，把你也写进去了。当然只是一个模子而已，没有用真名。我其实不算了解你，所以也无从冒犯你的隐私。借用你的一些实在特征，把想象的人物落到实处。”

“没关系。其实我有时候也想写一些文字呢，就是没有时间。”

“时间总是有的。我写了，你没写，原因在于我只是想迎合世俗写故事赚点零花钱，而你要留下长留世间的伟大文字。”艾奥拉还是直视诗戈。

“是吗？我有这个雄心？我都不知道，你怎么知道的？”

“呵呵，我不知道。只不过我小说中的那个人，那个你，是这样的。”艾奥拉笑了笑。

“真正想留下值得骄傲的作品的人，怎么好像不在这里？”诗戈没有看到尼克，把眼神转向一边的安东尼。

“尼克去伦敦了，不过他可没有在这里留下什么好作品。”安东尼面无表情地回答。旁边的阿伦倒是震动了一下。连温妮也不安起来。她的脸庞和身材偏丰满，不是清瘦的那种感觉，但是眼神镇定而深刻。有点像简，不过更喜欢带着微笑。

艾奥拉告诉诗戈，尼克和斯黛芬妮一起吸毒，达到高潮了时候，用棍子砸断了女友三根肋骨，把她打昏了。清醒过来之后，尼克知道自己闯了祸，立刻打车去机场，坐了下一班去伦敦的飞机逃走了。

“在伦敦，尼克这样的人能定期领到免费的毒品，生活下去。”温妮说。一时间，大家都不知道说什么好。只是看着沟边深色的草丛。

“温妮是我们这一群海外英国人的子弟中，唯一一个上了剑桥的孩子，学的还是法律。”艾奥拉转换话题，打破了短暂的沉默，赞赏地介绍说，“今年她还去中国海南农村当了一个月的志愿者。真能吃苦啊。”

温妮谦虚地点点头：“没有一般想象得那么苦。”

“剑桥怎么样?”安东尼的妈妈伊丽莎白问。

“那是一个舞台。不过我还是觉得这里更好。我觉得自己是一个亚洲人。这里有华人、马来人、印度人、英国人，大家都是亚洲人。”

“这可不是你父母送你上本地英国学校的目的。”艾奥拉说。

“这里的英国学校也是一所亚洲学校。她让这里的亚洲文化更丰富。”

温妮坐在安东尼的边上，眼里却也笑盈盈地看着阿伦。在英国学校，她一开始和阿伦是朋友，不过后来分手后，又和安东尼好了。因为父母离婚，安东尼郁闷沉默了一段时间，好在后来恢复了开朗外向的性格。跟着父亲的海上生涯，让他更早熟而自信，富于男子气概。

温妮和颖君也是一见如故，特别投缘。初次见面，她就告诉颖君，男孩子进入社会后成长得好快，个个都张满了帆带着自己的人生使命向目标坚定地行驶。胳膊上有着醒目文身，不修边幅的阿伦更专注于他的音乐了。音乐也

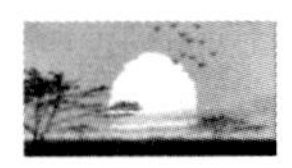


能给人一种强大的魅力。她倒是觉得安东尼有点过多的世故，不过看着她的眼神还是清澈真诚的。幸亏自己这两年在剑桥也长了不少见识，视野不同了，不然的话，还真的不配和安东尼他们在一起。

天黑下来后，年轻人都进城去享受夜生活了，巴努和瓦妮卡有个家族的聚会，只有诗戈、颍君和穿着蓝色连衣裙的伊丽莎白还坐在桌边。

“别担心，我不累。项目告一段落，反而很兴奋，回酒店也睡不着。”颍君说，“读你的电邮，感到真的和过去不一样，对你的变化还有点奇怪。现在看到你的生活，就更加理解了。”

诗戈终于也换了工作。新的公司有技术转让项目，马上要去南加州出差一段时间。

“你们都在成长。也让我想起自己的青春美丽时光。”

“你现在也美丽动人。”颍君先说出了口。

“你真好。你的夸奖比来自男人的恭维更让人受用，这很少见。”

看到儿子回来，伊丽莎白从下午就一直很高兴。多喝了几杯酒，白皙的脸上泛起红潮，开始给两人讲起自己的骄傲：在澳大利亚护校的时候，她有一次去看空军的飞行表演。一个年青的超帅的飞行员额外做了一个危险特技飞

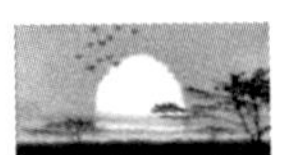



行动作，向她致意。结果被长官看到，当场开除。飞行员并未后悔和沮丧，长官也没有生气，还拍拍他的肩膀："小伙子，如果我是你，也会干同样的事；如果你是我，也会做同样的决定。"

那个飞行员并没有成为伊丽莎白的丈夫。因为自己后来的婚姻经历，这样的回忆就格外珍贵。在人生中，除了父母，别说冒险付出牺牲，谁肯为你哪怕是做一点点稍微困难的改变？

因为父母离婚，安东尼曾经一度非常的内向，沉默寡言。好在后来跟着父亲出海，塑造了一个似乎完全不同的性格：强大的自我，超度的自信，玩世不恭，让人觉得他沾染了太多的尘世色彩，不得不敬而远之。只有作为心理诊所护士的母亲，不以为然。所有真正的美好品质都来源于生活和实践，基于坚强，对男女都是如此。她反而觉得儿子其实没有什么太多的变化，依然觉得他还不够成熟，为他担忧。

然后话题说到尼克的不成器。

"他的那个女孩，斯黛芬妮，只有一个卧床的父亲，两人相依为命。现在这个样子，谁照顾谁呢？"诗戈问道。没人知道。

伊丽莎白觉得不管怎样，这样的人走了，不敢回来，对斯黛芬妮是好事：早晚是个祸害。另外自己也放心多了。

“这样的孩子永远也长不大。”她是从小看尼克他们长大的。尼克经常坐安东尼的船一起出海玩。对他来说，海洋只有浪漫的意义。对安东尼，这个行当除了风雨、艰辛和琐碎，还有港口码头贪得无厌的官员，锱铢必较的商贩。他告诉尼克多少遍了，不要随便用绞车盘来卷放钓鱼线。尼克就是不在乎。安东尼用绞车，经常没留神被鱼线把手割破。

“不是我作为母亲为儿子这点小事担忧，你们不知道海上生涯的风险。不合规范的事情不能容忍。尼克这样的人不应该上船。”

然而安东尼眼下正好要把客户的一只游船北上开去香港，温妮、尼克和阿伦几个有空儿的朋友都要跟着去，还邀请颍君和诗戈有时间一起去。

“我没戏。你的工作大部分顺利完成了。我的才开始，元旦之后马上就要去南加州。”诗戈说。

“太遗憾了。在我看来，你们俩倒像是很好的一对。你非常坚韧，明智，能够照顾好自己。这对于女性的生活和情感都至关重要。”伊丽莎白对颍君说。她总是习惯把重要的话快速、低调、不动声色地带出来。

# 第十二章
# 2015 · 结局

愚园路上的 1898 咖啡馆里，诗戈还在等待老同学凌云。自己的笔记本电脑屏幕上，一张点开的旧照片还未收起：那是和黛维一起在喀拉拉邦科代卡纳尔神山上，拍下的绽放的雪莲。旁边的墙上用红字写着“下次开花 2006”。这时的诗戈，心里真有说不出的感慨：年轻人总是觉得未来是多么遥远的事情。

时光不经意的流逝，世事如白云苍狗。当年无忧无虑的年轻人，现在已经天各一方，音讯皆无。黛维两个孩子中小的那个，也应该都快 10 岁了。她后来在当地一个研究所做技术员，经人介绍见面相亲之后，和拉克什曼的一个表弟结婚，不久就有了孩子。黛维很后悔自己过去的行为，又怕丈夫知道，希望把记忆也完全抹去，连电邮联系也中断了。

“嗨，就是胖了不少，还是能认出你啊！”诗戈一下子从回忆中惊醒，看见凌云站在自己前面。这么多年了，他还是那样，身材都没有变，还是那么清瘦，穿着带领的横条短袖，下身米黄色西裤。头发也是一样的偏分，只是发迹往后退了一些，发质也略显纤细，发软发黄，没有原来浓黑。

“迟到了整整 40 分钟！真是抱歉，你没要点吃的？”握手之后，凌云还是那么自然、放松、真诚，陌生人都能一见如故。只是嗓音比当年低沉了一些。他从容地在对面坐下来，招手示意服务员过来。

凌云这人最没有大哥的气质。总是尖锐、冷静、清高，从不深沉，从不许诺。然而这一刻，诗戈头一次感觉自己好像一个游子回到家里，见到亲切的兄长。窗外是下午的阳光，虽然隔着深色的玻璃，仍然和不时走过的路人一起，显示着城市的活力。两个人从 20 年前的留学岁月，一直聊到今天的生活。

诗戈离开学校后，就和大家慢慢断了联系，只有颍君例外。这次能和凌云联系上，也是纯属偶然。他的上司在和凌云谈融资的时候，说起公司的研发经理也是凌云那个学校毕业的。凌云追问了名字，才知道过去的朋友诗戈居然在长三角的一家民营高科技企业混饭吃。

凌云自己毕业后，辗转了几个工作，去华尔街还混了几年，最后被派到上海做投资业务。

“你现在是单身吧？”他喝了一口咖啡，放下杯子，一边打量着诗戈，一边问道。

“嗯。一年前离的婚。你好像也挺潇洒的嘛。”诗戈觉得这一刻的凌云似乎很悠闲，聊天的时候，没有脑子里牵挂着时间的那种样子，手机也没有动静。牢骚话还是不少，但没有原来多了。只是与故人重逢的喜悦，也没有能掩盖眼神里中的疲惫。

“差不多跟你一样。老婆孩子都在长岛呢。我结婚也不算早，孩子才 11 岁。”

这个不断尖刻评论生活的人，谈到自己的境况，却把话说到这里就打住了，接着转了话题，聊起了很多旧友的近来状况，让诗戈觉得自己真是与世隔绝。

“其实我也不是和大家联系多勤。不过上个月上海刚开了一个挺大规模的国际学术会议，来了两个以前学校的人，才知道了不少人的近况。”

“你还记得博士后老张么？他不久前出事，进去了。你毕业后不久，老张就回国了。后来做到了 ×× 大学副校长，前途无限。这次这个国际学术会议，本来他还是主席之一呢。”

“感觉他应该不是那种捞的人啊。胆子不大，也没有太多物质欲望。”诗戈有些惊讶。

“这个我也不特别清楚。我跟他其实还算是熟的，这些年一直联系着，还见过几面。感觉和他后来找的那位夫人脱不了干系。前妻的女儿从小在北美长大，都跟着回国，踏踏实实念到大学毕业在上海工作了。和这位夫人后来生的孩子却吃饱撑的中学就要送出去，当妈的还要去陪读。经济负担也不小。”

“李伟杰你还记得吧，他在加州那边拿到终身教职之后，一般每年暑假 3 个月都在国内当访问学者。今年在北大，我上周还跟他在农园餐厅吃的饭。”

“哎呀，早知道就好了。我几乎每个月都要去北京一次看父母。下周末就去。你把他的联系方式给我吧。”诗戈越发觉得遗憾。

“现在就是这点好，有高铁、微信。想起咱们当年那个时代，因为音讯不便，也拆散了不少好姻缘呢。”凌云一边平静也说着，一边从口袋里拿出磨得发旧的黄白色 **IPHONE**，低头操作，把伟杰的微信名片发了过去。

“听伟杰说起来，咱们这些人，你可能是最后见到颍君的？”他有些小心地看着诗戈问道。

“哦，在咱们那些人里，是吧。”

诗戈觉得自己的生活又将面临很多变故。现在打工的这个起步公司，钱烧得差不多了。不过自己反正是被拉进

来的，填补创始人团队内部翻脸，技术骨干走人留下的空缺。不是创始人，也没有很多利益在里面，无非就是再找一个公司。

回到家后的第二天，临终关怀医院志愿活动群照例又有活动。诗戈想起自己已经两个月没有参加了。

到了医院，已经比集合的时间迟了十几分钟。那几个一直在那里的又白又胖的畸形婴儿都不见了。有几个已经在那里很久了，看见有人来还能哼出声。去抓一下小手还是软软的。倒是上次来看见的先天胆囊闭锁的那个新生儿还在：浑身发黄，瘦削的脸庞，高挺的鼻梁，安静地躺在那里。记得护士说他应该活不过一个月。孩子的父母都是医生，都才貌双全，无法面对这个现实，把孩子送来后就再也没来看过。

诗戈觉得传言中说医院管理层方面，或者说因待遇低而不满的护士有意无意让畸形儿早日死亡的说法可能是有道理的。以前孩子多，门口还张贴一个通知，提醒来客谨慎进入房间以免传染疾病给孩子。现在都没有了，连护士也没有见到。

回家的路上，他想起妮佳说过的，医生往往反而不能面对发生在自己身上的死亡和不幸。

妮佳后来去澳大利亚旅游，看望了奈德一家。那时候乔伊斯因为淋巴癌化疗，一头浓密卷曲的金发都掉光了，像个小尼姑一样，但是还是充满对生活的兴致，她不知道自己在做生死搏斗。不过后来病情还是复发了，身体越来越虚弱。作为母亲的茗言，幸亏有奈德这样人生阅历丰富的丈夫支撑着精神，两人一直陪着女儿走到短暂人生的最后时刻。

回到家里，才看见手机上伟杰已经接受他的微信好友邀请，还接着先打了招呼问候。诗戈回了一个笑脸，对方马上又回复了。几个回合之后，两人就开始了语音通话。

原来诗戈在南加州那个公司做技术转让的培训的时候，伟杰已经在附近的大学开始做助理教授。可惜当时互相不知道，没有见面。说起来在异地培训，也是够无聊的。加州这边的人员，知道他们是从亚洲来抢工作机会的，百般冷眼和刁难，白天上班时间都懒得搭理他们。到了晚上，除了有几次要和亚洲电话会议，汇报进度和困难，其他都没有什么事情。几个人只有一辆车，新的同事都不熟悉，没有什么共同语言。他们去 HARD ROCK CAFEE 的时候，诗戈宁愿自己呆在旅馆房间上网。或者出去走走，看看黑夜里，树荫下深色碎木屑上伸出头来的白光灯，斜向上照着茂密的篱笆树丛。

他记得非常清楚：收到昊明那封简短的电邮，是在为期 7 周的那一期培训快结束的时候。回来后，诗戈也只有机会和昊明小燕吃了一顿晚饭。两人也讲不出很多相关信息。昊明本来就不熟悉颍君的圈子，又寡言少语，从不人前谈论别人是非。自己的工作家庭事务繁忙，压力很大，能够抽出时间为校友处理一些手续上的事情已经很不容易。

诗戈自己也是一样，这次回来几天做好一些准备工作之后，又要去加州那边开始打包转运第一批设备。温妮还在本地伊丽莎白的诊所那里调整心理，没有回剑桥上学。不过诗戈没有见到她，只在帝国酒吧见到阿伦一次，一开始还没有认出来。他已经完全没有了所谓属于音乐的深刻坚定和敏感灵性，只会目光迷离呆滞地傻笑，让诗戈想起自己小时候大院里那个智障的同龄人。

“他已经被毁灭了，希望是暂时地。我们等待一个灵魂的恢复。”弗洛伦丝说。关于那场事件的一些细节，诗戈主要还是从她这里听到的：安东尼他们的船，出发不久碰上了坏天气。晚上的时候，风浪逐渐加大。尼克等人很害怕，不知道怎么办。安东尼撇着嘴说这样的海况不算什么，叫大家不要少见多怪，在舱里呆着别动，看他出去收帆。

结果，刚走上甲板，一个高大的浪头突然打来，安东尼一下子立足未稳，跌入海水中。

船舱里的人被突然的变故惊呆了。在黑暗中，开始还能听到安东尼在水中绝望地呼救，叫他们设法丢下一个救生圈。但是尼克和阿伦都没有敢出去，反而和颍君一起拉住绝望地尖叫大骂他们两个男人无能无耻的温妮。直到十几分钟后渐渐不再听到水中的呼救声，温妮还是接着歇斯底里地哭喊，把阿伦的手臂咬得鲜血直流。

没有人驾驶的游艇随波逐流，飘到了泰国海岸，4 个人才被救下来，已经神情恍惚，近于虚脱的状态。只有颍君精神还清醒些，讲述了一些事故的经过。不过在当地医院，她的健康状况突然恶化，转回本地医院后很快就去世了。

回到加州后，诗戈居然还和已经到了美国的梅联系上了。经过几个月的等待，梅终于拿到签证，来到了查克居住的德州小镇。当天晚上，查克兴奋过度，准备行房。结果在浴缸里滑倒，一屁股坐在浴缸沿上，把一个睾丸坐爆了，人几乎疼死过去，那时还没有恢复健康。

前往北京的高铁上。车窗外是华北平原上一望无际的田野。田野中有小片的林地。只有远处的丘陵山地上，稀疏的树林之外，露出斑驳的岩土。

诗戈昨晚已经把旧日的电子邮件打包，存为一个离线的文件，现在可以在笔记本电脑上打开阅读。比起照片，这些邮件，更能让人在脑海中回想当年那些人的音容笑貌。

有的故事一直延续到今天。泰德在解除绿卡婚约后，经过社交网站认识了富有的寡妇杰奎琳。还给诗戈发来她

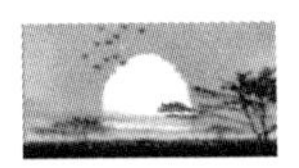

的许多照片。上面的杰奎琳脸色健康，身材票条，似乎只有 40 多岁。她衣食无忧，喜欢养马、骑马、园艺还有养蜂，而泰德是再合适没有的“读书思考的体力劳动者”。除了骑马，可以和她一起做所有的这些户外事情，还可以交谈解闷。

泰德的遗憾，除了自己不喜欢骑马之外，还有就是没能教会杰奎琳喜欢上乒乓球。不过杰奎琳对他一周到车程两小时之外的俱乐部打两次乒乓球，并不介意。毕竟经济压力小了，泰德只需要保留一份图书馆工作，自己的时间多了很多。

陈伟辞职后，给他同学打工，在南非呆了两年。在那里，他看到了其他的贸易机会，从浙江进货，积攒了人生的第一桶金，现在已经有两家自己的工厂。

不久前在杭州见面的时候，诗戈看见陈伟的眼镜换成金边的，头发都差不多掉光。他说自己挣到钱的时候都太晚了，错过了炒房发财的机会。贸易和实业都不如屯房。

“不过我反正是一个做生不如做熟的人。一心都扑在自己的生意上，不会去投资自己不懂的东西。”

这次见面，陈伟提起来说自己在原来打工时，曾经喜欢过一个叫倪妍的同乡女工；不过人家嫁了当地的技术员，然后就没有在公司上班了。那时候诗戈还不在，所以不知道这档子事，后来也没有人告诉他。陈伟一次出差路过虎港的时候，还见了这个当初一批出国务工的老乡。

“她有没有后悔自己有眼不识陈老板啊。”诗戈问。

“哪里，”陈伟摇头的样子，一如当年那个一筹莫展的底层小雇员。“她活得挺好，又忙又充实。两个孩子都上中学了，不富裕，不过看起来比我年轻多了。就是连家乡话都不太会讲了，中英混杂，还加上满嘴当地口音。”

当时诗戈也想起，自己最后一次去虎港出差，已经是几年前的事情。当时正赶上议会选举。他在一个集选区反对党的夜间集会上，看见那个著名的反对党领袖，头发已经有些斑白。现场一个活跃的年轻志愿指挥，很面熟。再想想，似乎就是在金融教授布拉德家里碰上的安吉拉：个子不高，瘦瘦的，很认真自信。她在对前来参加集会的中老年底层群众宣传反对党竞选人的政见，要求政府照顾自己的公民，限制外来劳工和移民：我们不是要排外；我们只是要求政府更关注自己境遇悲惨的公民。

诗戈没有去打招呼：如果是安吉拉的话，恐怕对方也早就不认得自己。他去找旁边几个看上去更年轻的受过良好教育的志愿者问了一下，那个活跃的志愿者领袖是谁。结果证实了自己的猜想。他不知道安吉拉是怎么变成排外意识煽动者的。只知道这个曾在伦敦学法律的女性，也许是反对党的明日之星。不过诗戈后来再也没有回去那个城市。

就在这年年初，艾拉终于结婚了。按照父亲的愿望，艾拉从英国一所医学院毕业，已经开始在附近一家医院实

习；新郎是她医学院的同学。照片上，她身穿白色长裙，挽着西装革履的丈夫，美丽动人，好像童话中的公主。

另一个要结婚的是索妮娅，计划在这年年底。这么多年，她也和诗戈两人一直保持着联系。在德里大学读书的最后一年，索妮娅也曾经想让诗戈帮她联系出国，看看外面的世界。不过最后还是到了当地一家贸易公司任职。没到一年，她就无法忍受商业职场的环境，回到印度东北的一间大学读英语教育硕士。毕业之后又辗转了两间学校，最后在阿萨姆邦一个小镇的中学当英语老师。

她在电邮里告诉诗戈，尼多结婚了，还是不断出去跑生意，挣了一些钱，成了殷实的商人。后来因为资助毛派游击队被当局抓到，坐了两年牢。

两人的信件往来并不频繁，但是却给了诗戈许多的轻松和温馨的时刻。索妮娅从来不瞎问诗戈的事情。她个人和园艺的照片、文字和诗歌，执拗着与父母的互动心迹，让他在忙乱琐碎的生涯中，看到了一个不同的人生道路：从一个躁动不宁的青葱少女，经历岁月的洗礼，变得温婉如水。

“别再瞎夸我是什么温柔安静的女人啊。我现在当班主任了，对付学生很有手段，哈哈。”索妮娅在电邮里屡次三番纠正诗戈，“你没有跟孩子打过交道吧，哪有精神安宁的时候？那种性格干不来的，要泼辣。”

诗戈读她的电邮，有时候忍俊不禁。他把她几年前的照片附在信里发回去。里面的索尼娅身穿海蓝色的沙丽，稍弯腰在院子里；头发盘起来，又有两缕耷拉下来，更衬托出秀丽白皙的面庞。

“那是以前了。人是不断进步的。跟你越来越说不到一块了，费劲。我最近也忙，回信不及时的话，请你担待。”

诗戈还是笑：“你以为我不懂你，其实是你不懂我。”

两个星期后，才收到索尼娅的回信。

“学期总算忙完了。最近的计划嘛，呵呵，你应该理解，女人岁数大了，该结婚了。我爸爸就是一直劝我妈别着急，早晚会成家的，看来还是他对。”

“幸运的年轻人？哈哈，别逗了。他是我们学校的物理教师，和我差不多大，怎么说也不年轻了。找了我可能是他最大的错误。我是看他好欺负，才答应的。”

伟杰订的“七零年代”餐馆在人大附近。诗戈怕迟到，特意早早出门，提前了不少。没想到伟杰也是一样，而且已经坐在那里了。他也说不出有很大变化，可能就是胖了一些。但是如果没有预先约好，而是偶然碰面的话，诗戈一定认不出来。这和凌云就很不一样。也许凌云那种个性，一辈子难改。他的工作也是那种性质，上班出卖劳力，下班脱下西装革履，还是自己。学术界的生涯，和自己开店的小老板一样，需要整个身心全时间的皈依，浑身的气质也就跟着变化。

餐厅的布置是他们岁数的人熟悉而亲切的文化元素。蓝色调的背景。音响用低沉舒缓的节奏播放着《恋曲1990》的曲调。

伟杰这个暑期的工作快结束了，几天后就要回美国。和诗戈才聊了不一会儿，他的手机就响起来；拿起来接听之后，伟杰告诉对方不要紧，不要急。

“对了我忘了告诉你，今天上午才知道颍君的外甥治国正好也在北京，说一会儿也过来。他还会把女朋友一起带来。所以我才找的这个地方，离他女友的学校近。”

“哦。我好像是听颍君说过她姐姐的孩子。”诗戈想起来。

“你可别说错话，她外甥都不知道小姨和姨父离婚了。”

“哦，幸亏你提醒了。”然后两人的话题就转向颍君。伟杰长大的厂区，居民主要都是全家随着工厂从上海迁来的。颍君的父亲却是因为要跟她母亲在一起，才来到那里安家，当了厂区中学的老师。颍君从小就崇拜自己的父亲，虽然事业并不得志，但是为人豪爽热情，多才多艺。

她比伟杰小两届，也考上北京的大学。虽然以前也跟父母旅游到过首都，不过这次校园报到后体验不同，算是又一次见了世面。颍君和几个一起新考到北京上学的厂区子弟一起，到伟杰他们宿舍拜访老乡学长。几个人都觉得人家名牌大学就是不一样，更了不起。桌上的专业书似乎都很艰深，有的还是英文原著。就是那些政治社会书籍的名字，也不是小地方高中刚刚毕业的学生能理解的。

几个人走后，伟杰上铺的班长对他说："那个瘦瘦的女生真不一般，不俗气，有风骨。"

后来到了美国，颍君离开后，班长曾经托付伟杰帮着照应。

"当然了，你放心。她还是我老乡，中学学妹啊。"伟杰说。

"但是你可能不知道，她有轻度的红斑狼疮。"班长说。

颍君去世后，班长又结婚了。现在在新泽西一家很大的制药公司当研发主管，和伟杰自己的课题组还有合作项目。

治国带着个子高挑的女友徐扬进来的时候，伟杰和诗戈已经聊了不少时候。治国穿着没有领章的军装，典型的军校头，浓眉大眼，但是也依稀能找到点他姨的感觉。他在上军校一年级，通信兵工程学院，这次是来看考上人大的女朋友。不知道怎么，诗戈觉得徐扬的神态也有点像颍君。

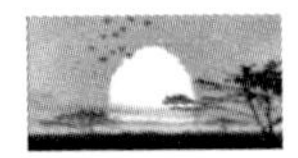



不过又是一代人了。伟杰给他们三人做介绍的时候，诗戈觉得他们俩都很礼貌、小心，但是并不拘紧。

“你们有什么打算呢?”晚饭开始后，诗戈问对面并排而坐的两位年轻人。

两人扭头对视了一下，然后治国说：“她想出国留学。现在就利用假期上英语课。”

“嗯，我们那里，英语基础差些，比不上大城市的同学。”徐扬补充说。

“哦。”诗戈觉得从伟杰介绍他的时候开始，徐扬看自己的目光就带着些许好奇和探究的意味。也许是女性特有的敏感。毕竟在座的其他三人都是同乡，而自己和他们唯一的联系就是去世多年的颍君。

“我们那里经济不好，治国他家也穷，这些年都是他姨父在资助他。他姨、姨父，还有伟杰，都是我们崇拜的偶像。您也和他们一样。”

晚餐之后出来，几个人道别分手。时间还不是很晚，晚间空气却已经凉爽下来。诗戈没有打开手机用滴滴打车，而是一个人沿着大街走下去，欣赏眼前这熟悉而又陌生的城市夜景，霓虹耀眼，车流穿梭，高楼林立，但是很多楼层中高层都黑着灯，万家灯火的意境也就没有那么充实完满。

走过几个街口，看到下一个大十字路口红灯的时候，忽然感到一丝凉意。他招了招手，正在车流中右边道路上行驶的一辆明黄色出租车，亮起了刹车尾灯，嘎的一声停在他前面十几米处的路边。

诗戈快走几步奔过去，打开后座门，伸腿歪身进去车里坐下，拉上门，然后大声对司机说：“送—我—回—家。”

**（全文完）**